KB011275

# 성녀의 마력은 만능입니다 9

STORY

타치바나 유카

NOVEL
PURPLE

일러스트레이션

슈리 야스유키

# contents

약용식물연구소의 소장. 세이를 잘 돌봐준다. 알베르트와는 소꿉친구라는 듯하다.

궁정 마도사단의 사단장. 마법이나 마력 연구와 관련된 일에는 눈빛이 바뀐다. 지금은 세이의 마력에 흥미가 많다.

세이가 개발한 상품을 취급하는 상회의 직원.

세이와 똑같이 이세계로 소환당한 고등학생 미소노 아이라. 궁정 마도사단에서 활약 중이다.

도서관에서 친구가 된 후작 영애. 세이를 잘 따른다.

궁정 마도사단의 부사단장이자 알베르트의 형. 말수는 적지만 상식적이다. 항상 유리에게 휘둘린다.

# Character

*The power of the saint is all around.*

## 세이

이세계에 성녀로 소환된 사무직 여직원 타카나시 세이. 최근 치료나 마물 정화로 크게 활약하는 바람에 여러 곳에서 숭배받게 된 것이 고민이다. 한숨 돌리기 위해 요리나 화장품 개발을 한다.

## 주드

약용식물연구소의 연구원으로 세이의 교육 담당이다. 사람을 잘 돌봐주며 붙임성이 좋다. 세이의 요리를 자주 집어 먹는다.

## 알베르트 호크

제3기사단의 단장. 항간에서는 '얼음의 기사님'이라 불릴 만큼 냉정하다고 하는데, 세이 앞에서는……?

## 메이

자라와 같은 보육원에서 자란, 자라의 여동생 같은 존재. 얼굴에 큰 화상 흉터가 있었지만 세이의 미용 크림으로 완치했다.

## 자라

보육원에서 자랐으나 지금은 왕가에 속한 현역 첩보원으로 활약 중이다. 연구소 분실 관리인의 비서이다.

## 세이란

자이데라 무역선의 선장. 세이가 직접 제작한 포션을 그에게 건넨 것을 계기로 텐유가 유학 오게 되었다.

## 텐유

자이데라의 제18황자.
어머니의 병을 치료할 단서를 찾으러 슬란타니아에 유학을 왔다.

## 레인 슬란타니아

슬란타니아의 제2왕자. 학원의 학생회장을 맡고 있다.

## 카일 슬란타니아

슬란타니아의 제1왕자. 일시적으로 근신 처분을 받았으나 학원을 졸업한 뒤에는 사절단 대사로 자이데라에 부임한다.

# 1권 줄거리

*Story line*

잔업을 끝내고 집에 돌아온 순간, 갑자기 이세계로 날아가게 된 20대 사무직 직원 타카나시 세이.
【성녀】로서 소환되었으나 이 나라의 왕자는 세이와 함께 소환된 귀여운 여고생—미소노 아이라만 방에서 데리고 나갔고, 세이는 그 자리에 남겨졌다.
그 후 우여곡절을 겪었지만 일본으로 돌아갈 수 있는 방법을 모르는 세이는 왕궁에 있는 약용식물연구소에서 일하기로 한다.

세이는 자신이 【성녀】라는 것을 알아차리지만, 그 사실을 숨긴 채 평범한 일반인으로 살아가려고 한다. 그러나 그녀는 뛰어난 능력으로 포션 제작이나 요리, 화장품 제조 등 온갖 방면에서 사람들을 놀라게 한다.
직접 만든 상급 HP포션을 이용해 제3기사단의 단장인 알베르트의 목숨을 구한 것을 시작으로 세이는 여러 기적을 일으킨다.
그리하여 왕궁에서는 "세이 타카나시야말로 【성녀】가 아닐까……?" 하는 소문이 퍼진다.

# 2권 줄거리

*Story line*

궁정 마도사단으로 호출되었으나 일단은 【성녀】라는 것을 들키지 않고 넘어간 세이.
궁정 마도사단의 사단장 유리의 스파르타식 지도가 시작되면서 바쁘지만 충실한 나날을 보내게 된다.
그러나 특훈의 성과인지 우연인지, 금빛 마력으로 다시 기적을 일으키는 바람에 성녀 의혹이 점점 깊어진다.
하지만 제1왕자인 카일은 의혹을 부정하며 세이와 함께 소환된 아이라가 바로 【성녀】라고 굳게 믿고 있고,

주변 사람들은 세이가 동행한 마물 토벌 때문에 그녀가 바로 【성녀】일 거라 확신한다.
제3기사단의 단장인 알베르트가 위기에 처했을 때, 세이는 금빛 마력으로 마물이 샘솟는 검은 늪을 순식간에 정화한다.
그 결과, 세이를 가짜라고 단정지었던 제1왕자 카일은 근신 처분을 받는다.
이세계에서 온 이후로 의지할 곳이 카일밖에 없었던 아이라도 이 일을 계기로 세이나 학교 친구들과 관계를 쌓으며 평온한 생활을 보내게 된다.

# 3권 줄거리
Story line

기적적인 효과를 일으키는 금빛 마력을 발동하는 바람에 마침내 진짜 성녀로 인식된 세이. 하지만 그 '성녀의 마력'이 어떤 조건에서 발동하는지는 여전히 알지 못한다.
그러던 중, 세이에게 약초의 성지로 원정을 가는 의뢰가 들어온다. 약사의 제자로 들어가거나 용병단장의 마음에 들기도 하고 약선 요리 같은 걸 만들어 대접하기도 하는 등, 세이는 원정을 즐기는 한편으로 포션 제작에도 힘을 쓰던 와중에 선대【성녀】의 수기를 발견한다. 수기 내용을 단서 삼아 그녀는 마침내 '성녀의 마력'을 쓸 수 있게 된다. 그 조건은 바로 '호크 단장을 떠올리는 것'으로, 다른 사람에게는 말할 수 없는 부끄러운 내용이었다……!
그러나 무사히 '성녀의 마력'을 쓸 수 있게 된 덕분에 세이도 기사단 및 용병단과 함께 숲을 조사하러 가게 된다.

# 4권 줄거리

*Story line*

【성녀】의 술법을 다룰 수 있게 된 세이는 조사를 위해 귀중한 약초가 군생하는 숲으로 향한다.
힘 잘 쓰는 기사단과 용병단의 보호를 받으며 안심하면서 숲으로 들어가는데, 물리 공격에 강한 몬스터『슬라임』이 나타났다!
세이 일행은 고전하면서도 가까스로 포위망을 빠져나와 후퇴할 수 있었지만, 상성이 나빠서 어떻게 해야 하나 고민에 빠진다.
그때 궁정 마도사단의 사단장인 유리와 아이라가 달려왔다!

강력한 원군이 등장하면서 세이 일행은 무사히 숲을 정화하고, 클라우스너령에도 평화가 돌아온다.
연회에서 세이와 아이라는 요리를 선보이고, 용병단과도 더 깊이 교류하며 대단원!
하지만 세이에게는 마음에 걸리는 게 하나 있었다. 바로 슬라임 때문에 말라버린 숲의 참상이다.
그래서 세이는 "성녀의 마력"으로 기적의 재생을 이뤄낸다!
모든 역할을 끝낸 세이 일행은 작별을 아쉬워하는 사람들을 뒤로하고 개운한 마음으로 왕도로 돌아온다.

# 5권 줄거리

*Story line*

약초의 성지 클라우스너령에서 귀환한 세이에게 귀한 약초와 씨앗이 답례로 도착한다. 그것들을 이용해 새로운 화장품을 개발하는 세이. 세이의 레시피로 만든 화장품은 세간의 여자들에게 큰 인기를 얻어 신제품이 나오면 날개가 돋은 것처럼 팔려 나간다. 그런 흐름 속에서 세이는 주위의 권유로 상회를 설립하게 된다. 그녀는 상회를 관리해줄 오스카 일행과 함께 가게를 낼 왕도를 시찰하러 갔다가……, 이쪽 세계에 오고 나서 처음으로 '커피'를 만난다!

외국 물건에 관심을 가진 세이는 일식을 찾기 시작한다. 혹시나 무역이 활발한 항구 마을에 간다면……, 하는 기대로 부푼 가슴을 안고 찾아갔지만, 식재료를 찾기 전에 트러블을 마주한다. 다친 선원을 치료할 마도사를 찾아 헤매는 외국 선장과 만나 직접 만든 포션으로 도와주고 보니……, 세이가 찾던 식재료가 바로 그 나라의 것이었다! 익숙한 된장과 쌀과 재회한 세이는 크게 기뻐한다.

# 6권 줄거리

*Story line*

왕궁에 해외 유학생이 오게 되었다. 세이는 그 유학생이 자이데라라는 나라의 황자라는 정보를 듣고 내심 식은땀을 흘린다.
그 이유는 전에 항구 마을에서 구해준 선장이 자이데라 사람이었기 때문이다.
사람을 돕기 위해서라고는 해도 시장에서 판매하지 않는 세이 특제 5할 증폭 상급 포션을 건네준 것이 뭔가 좋지 않은 방향으로 작용하지 않을까……하고 의심했지만, 황자의 목적은【성녀】가 아니라 단순히 슬란타니아 왕국을 공부하는 것이라고 한다.

꼼꼼하게 신경을 써서 황자가 약용식물연구소에 방문하는 시간을 피했는데, 그만 황자를 만나게 된 세이……!
대화를 나누는 사이에 세이는 황자가 어머니의 병을 치료할 약을 찾고 있다는 것을 알아채고, 일본에서의 지식을 활용하여 온갖 상태 이상에 효과가 있는 만병통치약을 만드는 데 성공한다. 만병통치약은 제작자의 이름을 숨긴 채 무사히 황자의 손에 들어간다.

# 7권 줄거리

*Story line*

【성녀】 소개가 끝나고 나서, 세이는 다과회나 야회 초대장을 받는다.
그중에서도 지인이기도 한 리즈의 집에서 열리는 다과회에 참석해 다양한 영지의 특산물에 관한 이야기를 들은 세이는 각 영지의 특산물을 소개하는 푸드 페스티벌을 착상해 낸다. 왕궁과 제2왕자 레인의 도움을 받아 푸드 페스티벌은 대성공! 그러나 이 활약 때문에 세이에게 더 많은 초대장이 오게 된다.

사교 권유가 늘어나는 한편, 장기 정화 여행은 끝을 맞이하려 하고 있었다. 국내의 장기가 진정되어 어쩌면 마지막 검은 늪 발생 지역이라 여겨지는 장소――변경에 있는 호크령의 요청을 받은 세이는 알베르트 및 유리와 함께 호크령으로 향한다. 그곳에서 세이는 두 곳의 검은 늪을 정화하는 데 성공한다.

# 8권 줄거리

Story line

호크령에서 검은 늪 정화를 끝낸 뒤, 특산품인 건조 소시지와 치즈를 맛보고 온천도 즐긴 후에 왕도로 돌아온 세이. 새로 만들어진 연구소 분실에서 【성녀의 술법】을 이용한 약초 재배에 열심히 임하기도 하고 약을 제작하기도 하는 등 연구 중심 생활로 돌아간다.

일상생활을 만끽하는 세이의 주위에서는 세이의 약혼 이야기가 재차 가열된다.
유리가 최고로 유력한 약혼자 후보가 아니냐는 소문이 돌자, 귀족 사회의 어려움에 고민하면서도 약혼 상대를 생각했을 때 세이의 머릿속에 가장 먼저 떠오르는 사람은 알베르트였다.
알베르트도 느긋하게 있을 수 없다며 일어나서 마침내 프러포즈하고, 그들은 무사히 약혼한다.

# 성녀의 마력은 만능입니다

♣이 작품의 내용은 모두 픽션입니다♣

제1막

# 약혼

밝은 햇살이 내리쬐는 날, 오늘도 역시 포션을 만든다.

만드는 건 중급 포션이다.

하지만 양은 예전보다 훨씬 적다.

왜냐하면 기사단이 요청하는 포션의 수가 줄었기 때문이다.

역시 마물이 줄어들었나 보다.

정말로 검은 늪 정화가 끝났구나.

새삼스레 【성녀】의 역할이 끝났다는 실감이 들었다.

중급 포션 만들기는 익숙한 작업이라, 다른 생각을 하면서도 만들 수 있다.

그래서 나도 모르게 얼마 전에 있었던 일에 관해 생각해버렸다.

지고 있는 태양 아래 반짝이는 얼음 나무의 숲.

평소와는 달리 화려한 복장을 입은 단장님.

그리고…….

「네가 좋아.」

머릿속에 떠오른 목소리에 무심코 손이 멈췄고 뺨이 조금씩 뜨거워졌다.

읏! 안 돼! 안 된다고!

생각하면 안 돼!

지금은 일하는 중이야!!

여전히 떠올리기만 해도 기쁨과 부끄러움이 뒤섞여서 끙끙거리고 싶어지는 기억을 떨쳐내기 위해서 머리를 좌우로 흔들었다.

내 머릿속에 무심코 떠오른 건 지난번에 단장님과 함께 외출했을 때의 일이었다.

우리를 제외하고는 그 누구도 없는 환상적인 풍경 속에서 단장님이 고백했다.

고백뿐만이 아니다.

청혼까지 했다.

나에게 일어난 일이지만 아직도 믿기지 않는다.

하지만 현실에서 일어난 일이다.

사실 그날 이후로 예전보다 아주 조금 더 정신없는 나날을 보내고 있다.

세계가 바뀌어도, 프러포즈를 받은 뒤에 해야 하는 일이 많다는 사실은 달라지지 않았다.

그중 하나는 상대의 가족과 얼굴을 마주하는 일이다.

원래 살고 있던 세계에서도 결혼하게 되면 양가 상견례를 하는 게 일반적이었는데, 이쪽 세계에서도 마찬가지인 모양이다.

오히려 귀족 제도가 있어서 집안 사이의 계약이라는 것을 중시하는 만큼 이쪽 세계가 그 부분은 더 엄격하다.

귀족끼리 결혼할 때는 상견례가 필수적이어서 단장님의 가족과도 만나기로 했다.

프러포즈를 받고 나서 시간이 조금 흐른 뒤에야 서로 만난 이유는 가족분들이 다들 바빴기 때문이다.

뭐, 어쩔 수 없는 일이다.

변경백 부부인 부모님은 영지에서 정력적으로 일하고 계시고, 맏형은 군무대신으로, 둘째 형은 궁정 마도사단 부사단장으로 각자 왕궁에서 요직을 맡고 있다.

당사자인 단장님도 제3기사단의 단장이라서 관계자 중에서는 내가 가장 한가한 사람일지도 모른다.

그건 아니라고 하는 말이 익숙한 목소리로 머릿속에서 재생되는 것 같지만, 아마 착각이겠지.

"이제 내일로 다가왔네."

작업을 진행하면서 내일로 다가온 상견례에 관해 이것저것 생각해 보았다.

상견례는 왕도에 있는 변경백 가문의 저택에서 내일 낮에 진행하기로 했다.

장소는 단장님이 준비했으므로, 내가 준비해야 하는 건 가족에게 건넬 선물 정도다.

그리고 남은 건 당일에 입고 갈 옷 정도밖에 떠오르지 않았다.

다만 그 외에도 뭔가 준비해야 하는 게 있을지도 모른다.

그도 그럴 게, 일본과는 국가 정도가 아니라 세계가 다르니까.

애초에 일본의 관습조차 제대로 알지 못하는 내 입장에서 모르는 관례가 있다 해도 이상하지는 않다.

그렇게 생각한 나는 강력한 조력자에게 의지하기로 했다.

내가 의지하려는 사람은 바로 매너 강의 선생님이다.

평소에도 신세를 지고 있어서 의논하기 쉽기도 했지만, 이런 것에는 무엇보다 전문가니까.

선생님의 보증이 있으면 아무 문제도 없을 것이다.

결과적으로 그 생각은 옳았다.

선생님은 역시나 프로페셔널했고, 곧바로 필요한 준비를 갖춰 주었다.

그리고 선생님의 절대적인 말 한마디로 당일 준비는 왕궁에서 진행하기로 했다.

당연한 일이라고 해야 하나, 이 나라의 귀족 중에서도 높은 지위인 변경백 가문과 상견례를 하는 것이기 때문에 드레스를 입고 가야 하는 모양이다.

드레스는 혼자 입을 수 없기 때문에, 매너 강의가 있는 날과 마찬가지로 왕궁에서 시녀들의 도움을 받아야 한다.

드레스를 입는 건 좋아하지 않지만 TPO는 중요하다.

그래서 이번에는 저항하지 않고 받아들였다.

보기 드물게 내가 수긍해서 그런가?

아니면, 약혼을 위한 상견례에 임한다는 말을 들었기 때문일까?

매너 선생님의 이야기를 들은 왕궁 시녀들이 평소보다 훨씬 더 힘을 쏟아 주었다.

평소에 감정을 그리 드러내지 않는 마리 씨까지 무척 기합을 넣은 듯, "전날부터 왕궁에 머무르면서 준비합시다"라고 말했을 정도였다.

기세가 너무 엄청나서 고개를 끄덕이는 것 말고 다른 선택지는 없었다.

"왕궁에는 저녁에 가도 돼서 다행이야."

상견례가 내일로 다가온 오늘.

드디어 밤부터 준비가 시작된다.

직전으로 다가온 상견례를 생각하면 긴장이 되기도 하지만 발밑이 둥실둥실 떠오르는 듯한 기분도 들었다.

강의를 받기 전에 준비하는 것과 그다지 다르지 않은데도, 임하는 마음은 180도 다른 것이 어쩐지 이상하다.

"남은 시간은……, 그리 많지 않네."

이제 그만 의식을 전환해서 일에 집중하는 편이 좋을 것 같았다.

저녁이 되기 전 남은 시간 동안 가능할 것 같은 작업에 대해 생각하며 다시 포션 제작으로 의식을 돌렸다.

그리하여 찾아온 상견례 날.

이른 아침부터 기합을 가득 넣은 시녀분들 덕분에 정식 성녀 소개 자리 때와 비슷한 정도로 예쁜 통통이가 아닌, 예쁜 나로 변신했다.

이날을 위해 왕궁에서 준비해 준 드레스는 레몬 옐로우 색깔 천 위에 하얀 시폰 천이 몇 겹이나 덧대어 있었다.

그리고 시폰 천에는 같은 색깔의 하얀 실로 작은 꽃 자수가 놓여 있어서, 따뜻한 계절에 딱 어울리게 화사했다.

머리카락은 반만 올려서 묶은 뒤, 하얀 카네이션으로 장식한 것도 점수가 높았다.

아침부터 꼼꼼하게 준비하는 바람에 조금 피곤하긴 했지만, 완성된 모습을 거울로 보자 기분이 고양되어서 피로도 상당히 완화된 느낌이 들었다.

몸치장을 끝낸 뒤에는 왕궁이 준비해 준 마차를 타고 변경백 가문이 소유한 왕도의 저택으로 향했다.
저택에 가는 사람은 나 혼자다.
엄밀하게 말하면 경호원이나 시중을 드는 사람들은 있지만, 상견례 자리에 들어가는 건 나뿐이다.
원래라면 후견인도 같이 간다고 하는데, 정중하게 거절했다.
그 이유는 다름이 아니라 내 후견인이 국왕 폐하이기 때문이다.
바쁘신 폐하의 시간을 빼앗는 건 면목이 없다는 생각이 들었다는 게 첫 번째 이유.
또 하나의 이유는 폐하와 함께 변경백 가문 사람들과 상견례를 한다고 상상하자 위화감이 들었기 때문이다.
물론 폐하에게만 그렇게 느끼는 건 아니다.
다른 누구라 할지라도 뭐라 표현하기 힘든 이 마음이 샘솟을 것 같았다.
그래서 혼자 가기로 했다.
변경백 가문의 저택에 도착하자, 현관 앞에 호크가 사람들이 다 모여 있었다.
단장님을 비롯해 변경백 부부와 형제분들, 그리고 하인들까지.
마차에서 내릴 때까지는 조금 긴장했다.
하지만 그 후에 바로 모두가 따뜻하게 맞이해 주어서 긴장감은 어딘가로 사라져버렸다.
그 후, 상견례는 무탈하게 진행되었다.
변경백 부부는 영지에서 이미 만났고, 장남인 군무대신님과 그 부인도 왕궁에서 개최했던 파티에서 만난 적이 있다.
차남인 궁정 마도사단 부사단장인 인텔리 안경님과는 업무로 몇 번이나 만난 적이 있다.

단장님과 인텔리 안경님이 보통 때와는 달리 귀족 같은 복장을 갖춘 것에 약간 당황하긴 했지만 내용물은 똑같다.

그런 사람들뿐이라 그런지, 점심 모임도 즐겁게 보낼 수 있었다.

점심 모임에서는 단장님과 함께 갔던 토벌 이야기, 원래 살았던 세계에서 생활한 이야기, 가족 이야기 등이 화제에 올랐다.

일본에 있었을 때의 생활에 대해서 이야기했을 때, 듣고 있던 변경백 부부와 장남 부부의 웃는 얼굴이 굳어진 것 같았는데, 아마 착각일 것이다.

변경백 부인이 들려주신 형제 이야기는 무척 재밌었다.

군무대신님은 쓴웃음을 짓고 인텔리 안경님은 인상을 찌푸렸고, 단장님은 난감한 표정을 짓는 등 셋 다 각각 다른 표정으로 듣고 있었다.

그런 세 사람에게 약간 미안한 기분이 들었지만, 무척이나 즐거워서 군무대신님의 부인과 둘이서 저도 모르게 변경백 부인에게 이런저런 이야기를 조르고 말았다.

이리하여 어느새 디저트까지 다 먹었다.

"즐거운 시간은 빨리 지나가네요."

"정말 그래요. 죄송해요, 저까지 이런저런 이야기를 졸라서."

"상관없어요. 당신도 저의 귀여운 딸이니까요. 하지만 더 이야기하고 싶은 게 있으니, 거실에서 계속 이야기를 나누지 않겠어요?"

변경백 부인과 군무대신님의 부인이 나누는 대화를 듣고 있는데, 변경백 부인이 이쪽을 보며 고개를 살짝 기울였다.

더 이야기하고 싶은 거?

서로 만난다는 목적은 달성한 것 같은데, 그밖에도 뭔가 있나?

어찌 됐든 변경백 부인에게 할 말이 남아 있다면, 이야기를 나누는 편이 좋을 것이다.

고개를 끄덕이자 변경백 부인은 생긋 웃고 나서 모두에게 이동하라고 재촉했다.

"더 이야기하고 싶다는 건 앞으로의 일에 관해선데."

"앞으로의 일이요?"

거실로 자리를 옮기자 모두의 앞에 차와 과자가 놓였다. 이어서 변경백 부인이 입을 열었다.

앞으로의 일이라 해도 떠오르는 게 없어서 앵무새처럼 되묻고 말았다.

그럼에도 변경백 부인은 싫은 기색 없이 말을 이었다.

"일단 약혼 절차를 밟아야 하잖니?"

"그렇죠. 지난번에 보고하러 국왕 폐하를 찾아뵈었을 때 이야기를 조금 들었습니다."

"그래, 알베르트도 내게 말해줬단다. 폐하가 타카나시 님을 후견하신다던데."

"네, 약혼 절차에 관해서는 폐하와 변경백 님 사이에서 진행할 예정이라고 들었어요."

"그렇구나. 그럼 세부적인 건 폐하와 이야기하기로 할게."

변경백 부부에게 전달한 대로, 내 약혼과 관련된 제반 절차는 폐하가 후견인이 되어 맡아주신다.

상견례에 같이 오는 건 거절했지만, 절차에 관해서는 따로 생각하는 바도 없는 데다 폐하가 꼭 그렇게 하게 해달라고 부탁하셔서 의지하기로 했다.

이 나라의 귀족 영애가 약혼할 때와 마찬가지로, 지참금 등 여성 쪽 가족이 준비해야 하는 것들은 모두 왕궁 쪽에서 준비하기로 한 모양이다.

솔직하게 말하자면 절차를 대신 진행해 주는 것만으로도 고마운 일이라서 지참금은 사양하려고 했는데.

폐하는 허락하지 않았다.

이유는 만병통치약 제조나 마물 토벌 등등 내 공적이 쌓여 있는데, 그런데도 내가 영지나 작위를 받지 않아서 보수가 정체되고 있었기 때문이다.

약혼을 계기로 그 정체된 부분을 조금이라도 해소하고 싶으니 꼭 받아달라는 말을 듣자 거절할 수가 없었다.

뭐, 지참금이라고 말할 정도이니, 건네는 건 작위나 영지가 아니라 돈일 테지만.

감당할 수 없는 게 아니라면 문제는 없다.

"절차는 당신한테 맡길게요. 그리고 피로연도 해야겠네."

피로연이라면 약혼 피로연을 말하는 거겠지?

후견인 이야기와 마찬가지로 약혼 피로연에 대해서도 폐하가 말한 사항이 있다.

분명 장기 문제가 정리된 것을 축하하기 위해 왕궁에서 축하연을 열 테니, 그때 우리의 약혼도 발표하면 괜찮지 않냐고 말했던 것 같다.

폐하에게 보고할 때는 단장님도 함께 갔으니, 단장님에게도 확인해 보자.

그런 생각이 들어서 옆에 앉은 단장님에게 말을 걸었다.
"호크 님."
내가 이름을 부른 순간, 모두의 시선이 일제히 이쪽을 향했다.
저도 모르게 몸이 움찔했다.
순간적으로 무슨 일일까 싶었지만, 곧바로 이유를 깨달았다.
잘 생각해 볼 필요도 없이, 이곳에 있는 사람들은 모두 '호크 님'이다.
어떡하지?
이야기를 나누고 싶은 사람은 단장님인데…….
이 상황을 어떻게 수습하면 좋을까 고민하고 있는데, 곧바로 장남인 군무대신님이 도움의 손길을 내밀었다.
"타카나시 님."
"아, 예!"
"앞으로는 가족이 될 거니까, 괜찮다면 나는 요제프라고 불러주길 바라."
요제프.
요제프 님.
어딘가 즐겁게 말하는 군무대신님, 즉 요제프 님에게 고개를 끄덕여 보이자, 이번에는 요제프 님의 옆에서 목소리가 들려왔다.
"어머나! 그렇다면 저는 엘프리데라고 불러주세요!"
"감사합니다! 그럼 저도 세이라고 불러주시지 않겠어요?"
"그래도 돼요?"
"물론이죠!"
요제프 님의 옆에 앉은 사람은 그의 부인인 엘프리데 님이다.

눈을 반짝이며 이름으로 불러달라고 말하는 엘프리데 님에게 나도 웃는 얼굴로 똑같이 대답하자, 그녀는 봉오리가 꽃을 피우는 것처럼 가련한 미소를 지었다.

그러고 나서 이분들이 그 뒤를 이었다.

"어머, 사이가 좋네! 그럼 나는 어머님이라고 불러줄 수 있을까?"

"그렇다면 나는 아버님이겠군."

짐짓 밝은 목소리로 대화에 끼어든 사람은 변경백 부인, 그 뒤에 참전한 사람은 변경백님이다.

아버님과 어머님…….

응, 앞으로의 일을 생각하면 전혀 이상하지 않은 요구다.

다만 살짝 부끄러웠다.

이쪽을 바라보며 생글생글 웃고 있는 두 사람에게 고개를 끄덕여 동의를 표하자, "치사하네요"라는 침착한 목소리가 들려왔다.

목소리가 들린 쪽을 보니 진지한 얼굴을 한 요제프 님과 눈이 마주쳤다.

"부모님을 그렇게 부를 거라면 나는 아주버님이지."

"그럼 나랑 헷갈리지 않아?"

"그것도 그러네. 요제프 아주버님 쪽이 더 낫나."

"그렇지. 나는 에어 아주버님으로."

잠시만 기다려 주세요.

이게 군무대신님과 궁정 마도사단의 부단장님이 진지한 얼굴로 의논할 내용인가?

어떻게 된 거지?!

굳은 미소를 띠며 두 사람의 대화를 지켜보고 있으려니 요제프

님이 이쪽을 보고는 눈웃음을 지었다.

어라, 혹시 놀리는 건가요?

겉보기와는 달리 요제프 님은 상당히 장난꾸러기인가?

예상 밖의 사태에 안절부절못하는 기분을 느끼고 있는데, 요제프 님의 시선이 옆으로 향했다.

시선 끝에 있는 사람은 단장님이다.

오래 같이 지냈으니 말하지 않아도 무엇을 기대하는지 이해했을 것이다.

단장님의 미간에 잡힌 주름이 더 깊어졌다.

이해는 해도 행동으로 옮기기는 어렵다는 건가?

어느 정도 시간이 흘렀을까.

길게 느껴졌지만 실제로는 그리 길지 않은 시간이 흐르고 나서, 헛기침을 한 단장님이 결심한 듯 입을 열었다.

"나는 알이라고 불러줬으면 해."

"알……."

무심코 되뇌인 순간, 잘은 모르겠지만 어쩐지 엄청나게 부끄러워졌다.

단지 이름을 불렀을 뿐인데.

뺨이 서서히 뜨거워지는 걸 참고 있는데, 얼굴의 온도와 비례하듯 단장님의 입꼬리가 올라갔다.

다른 사람들이 그런 우리의 모습을 따뜻한 눈으로 지켜보고 있다는 걸 깨닫고 마음속으로 비명을 지른 건 그로부터 3초 뒤였다.

◆◆◆

호크가의 사람들과 상견례를 하고 나서 얼마 후, 왕궁에 불려가는 일이 잦아졌다.

약혼을 앞두고 호크가와 자잘하게 연락하는 건 국왕 폐하와 재상님이 지휘하고 있지만, 내가 해야만 하는 작업도 있기 때문이다.

주로 약혼과 관련된 계약서에 서명하는 일이다.

예상했던 것보다도 더 계약서 장수가 많았다.

그 이유는 상회나 상회에서 다루는 화장품 등에 대해서도 권리 소재를 확실하게 하기 위해 호크가와 계약을 맺을 필요가 있었기 때문이다.

원래 내가 가지고 있던 권리이니 딱히 계약하지 않아도 괜찮다는 식으로 넘어갈 수는 없는 모양이다.

이 부분은 이 나라의 법률이 관련되어 있다고 하니 어쩔 수 없다.

일단 대략 훑어보기는 했다.

하지만 그러던 중 몹시 피곤한 시간대에 훑어본 계약서에 대해서는 대충 흘려서 본 정도인 건 비밀이다.

평소에 잘 대해주시는 폐하와 재상님이 준비해준 계약서다.

이상한 내용은 없으리라고 두 분을 믿고 싶다.

그리하여 약용식물연구소의 업무를 보는 사이사이 약혼과 관련된 작업을 진행하고 있었는데, 왕궁에서 야회 초대장이 도착했다.

폐하께서 일전에 언급했던, 이상 발생한 장기 문제가 해결된 것을 축하하는 야회였다.

다른 말로 【성녀】 약혼 피로연이라고도 한다.

당연히 장기 문제를 해결한 중심인물이자 약혼을 발표하는 나에게는 결석할 권리가 없다.

여느 때처럼 【성녀】인 내가 야회 회장에 들어가는 순서는 폐하와 똑같다.

폐하를 뒤따라 문을 나서자 잠시 후에 회장이 소란스러워졌다.

큰 소리는 아니었지만, 지금 이 장면에서 목소리가 높아지는 걸 듣자 일정 인원이 동요하고 있다는 게 잘 느껴졌다.

주위 사람들이 놀라는 이유가 짐작이 가서 저도 모르게 쓴웃음이 나올 것 같았다. 그러나 머릿속에 매너 선생님이 화를 내는 얼굴이 떠올라서 열심히 아무렇지 않은 표정을 유지했다.

"마물 범람이 문제가 되기 시작한 지 몇 년이나 지났지만, 최근 들어 마물 수가 적어졌다는 것을 그대들도 실감하고 있겠지."

회장보다 한 단 높은 곳에 선 폐하께서 이야기를 시작하자, 놀라던 사람들도 입을 다물었다.

"오랜 기간 마물이 범람하는 원인을 알 수 없었지만, 최근 들어 장기가 뭉쳐 있던 검은 늪 때문에 벌어지는 일이었다는 게 판명되었지."

그래, 그렇다.

마물을 토벌하러 갔을 때, 분명 왕도 서쪽에 있는 고슈의 숲에서 우연히 발견한 게 처음이었을 것이다.

늪에서 마물이 잇따라 샘솟고 있었다.

그 늪이 장기로 이루어져 있다는 걸 해석한 건 사단장님이었던가?

"원인을 알게 되었다면 대책을 세우면 된다. 한마디로 그렇게 말하기는 간단하지만, 실제로 대책 방법을 확립할 때까지 시간이 걸리는 경우는 자주 있다. 검은 늪도 그런 경우였지. 새로 발견된 것이라 대처할 전망이 보이지 않았다.”

페하의 말대로 원인을 안다고 해도 바로 대책을 도출할 수 없는 일도 있다.

검은 늪 정화도 그중 하나다.

똑같은 장기 덩어리인 마물이라면 지금까지 그랬던 것처럼 쓰러뜨리면 그만이다.

하지만 늪에는 똑같은 수단을 쓸 수 없었다.

그것을 어떻게 없앨지, 해석해보거나 다양한 시험이 필요한 상황이었다.

“이런 일들은 일거에 해결해준 분이 바로【성녀】님이셨지. 예로부터 전해진 대로【성녀의 술법】으로 놀랄 만한 속도로 검은 늪과 마물을 없애 주셨다.”

폐하, 조금 과장된 거 아닌가요?

폐하의 말에 따르면 마치 나 혼자 마물을 쓰러뜨린 것 같았다.

확실히 검은 늪을 정화하면서 가까이 있던 마물도 사라졌으니 틀린 말은 아니다.

하지만 같이 토벌에 참석한 기사분들이나 궁정 마도사단분들도 마물을 쓰러뜨렸다.

이렇게 표창하는 자리에서는 어쩔 수 없는 일일지도 모르지만, 다른 사람들의 공적을 빼앗는 것 같아서 마음이 무척 불편했다.

뺨이 굳어지고 표정이 무너질 것 같은 걸 가까스로 견디고 있는 동안에도 폐하의 말씀이 이어졌다.

“고슈의 숲을 시작으로【성녀】님은 각 지방에도 가주셨지. 오늘 이 자리에 있는 여러분 중에도 신세를 진 사람이 있을 터.”

회장을 둘러보자 고개를 끄덕이는 사람이 여기저기 보였다.

다 아는 얼굴이었다.

원정으로 들렀던 영지를 통치하는 영주님들이다.

처음 만난 영주님들은 표면상으로는 웃는 얼굴이었지만, 눈 안쪽에 험악한 기색이 엿보이거나 매달리는 듯한 눈빛을 보이는 등 어쩐지 긴박한 분위기를 풍길 때가 많았다.

지금은 아니다.

다들 평화로운 기색으로 순수한 웃음을 띠고 있었다.

분명 그 뒤로도 문제없이 지내고 있는 것이리라.

마음을 놓고 안심한 것도 순간이었다.

그 뒤로 언급된 내용은 생략하고자 한다.

처음에 방문했던 클라우스너령에서 시작해 각지에서 내가 보인 활약을 들려주었는데, 왜 마물과 상관없는 일까지 나오는 거지?!

대부분이 먹을 것과 관련된 일이라니…….

구멍이 있으면 들어가고 싶다…….

부끄러운 활약을 한바탕 늘어놓은 뒤, 폐하의 이야기가 드디어 결말로 접어들었다.

앞서 마지막 검은 늪 정화가 끝나고 전국적으로 마물 발생 상황이 평상시로 돌아온 것을 확인했다는 발표가 있었다.

그리고…….

"이 자리에서 범람 종식을 선언한다."

폐하가 말을 끝맺자, 회장 전체에서 일제히 박수 소리가 울려 퍼졌다.

눈에 보이는 모든 사람의 얼굴에 기쁨이 넘치며 반짝거렸다.

지금에 이르기까지 여러모로 힘든 일이 있었지만, 이렇게 모두의 기쁨에 일조했다고 생각하니 고생한 보답을 받은 듯한 기분이 들었다.

회장 사람들의 모습을 보며 흐뭇하게 생각하고 있는데 박수 소리가 서서히 잦아들었다. 다시 폐하가 입을 열었다.

"오늘은 기쁜 소식이 하나 더 있네."

나에게는 지금부터가 본론이다.

폐하의 말 한마디에 기쁨의 소리로 떠들썩하던 회장이 순식간에 조용해지면서 일부 시선이 내 쪽을 향했다.

시선의 압박과 팽팽하게 긴장된 공기에 숨이 조금 막혔다.

"얼마 전에 【성녀】님의 약혼이 정리되었다. 상대는 제3기사단 단장 알베르트 호크다."

폐하가 말을 끝내자 회장 안이 다시 소란스러워졌다.

입장했을 때보다 더 큰 소리였다.

하지만 내 대각선 뒤에서 대기하던 단장님은 전혀 신경 쓰는 기색을 보이지 않았다.

조용히 한 걸음 앞으로 나와 내 옆에 나란히 서서 회장을 향해 인사했다.

평소에는 단장님이 폐하와 똑같은 단상 위에 올라가는 경우가 없었다.

회장에 들어왔을 때 웅성거리는 소리가 들려온 건, 내 뒤에서 단장님이 나타났기 때문일 것이다.

그렇지만 오늘은 특별하다.

그도 그럴 게, 폐하가 선언한 대로 나의 사, 상대, 인 거니까…….

게다가 입장했을 때 웅성거리는 소리가 들려온 이유는 한 가지 더 있었다.

그건 내 옷차림 때문이리라.

지금 입고 있는 건 야회에 어울리는 것들뿐이다.

다만 알 만한 사람은 알 수 있는 양식을 갖추고 있다.

드레스는 평소와 똑같이 왕궁에서 준비해 주었다.

슬란타니아 왕국에서는 약혼자가 생긴 뒤로는 사교 자리에서 입는 드레스나 액세서리 등을 남성 쪽에서 준비한다.

하지만 이번에는 드레스를 처음부터 만들기에 충분한 시간이 없어서, 왕궁에서 미리 준비해둔 드레스를 입게 되었다.

단장님과 어머님은 본인들이 준비할 수 없다는 걸 몹시 아쉬워했지만 어쩔 수 없는 일이었다.

그 대신, 액세서리는 호크가에 대대로 내려온 유서 있는 물건을 이용하기로 했다.

잃어버리지는 않을까 몹시, 무척이나 걱정되었지만 어머님의 간절한 부탁을 거절할 수는 없었다.

어머님이 빌려주신 건 블루 그레이의 투명한 돌이 메인인 귀걸이와 목걸이, 그리고 팔찌 세트다.

메인인 돌 주위에는 무색투명한 돌이 많이 장식되어 있는데, 이건 역시나 다이아몬드인가?

어찌 됐든 박물관에서밖에 보지 못한 물건인 건 분명하다.

반면 왕궁 쪽에서 준비한 드레스는 상견례 때 입었던 것과 똑같이 얇은 시폰 천을 몇 겹이나 겹친 것이었다.

야회에서 입기에 적합한 것으로, 상견례 때 입었던 드레스보다 많은 레이스를 달고 자수를 놓아서 한층 더 화려했다.

게다가 색깔은 블루 그레이를 바탕으로 하고 있다.

그렇다. 드레스와 액세서리 모두 호크가의 특징인, 단장님의 눈 색깔과 똑같은 색이었다.

추가로 더 말하자면, 슬란타니아 왕국에서는 사교 자리에서 약혼자가 서로의 머리카락이나 눈동자 색깔의 액세서리를 다는 건 일반적인 일이라고 한다.

여기까지 언급하면 회장에 들어선 순간 웅성거리는 소리가 들린 이유를 이해하려나?

오늘 내 옷차림은 내가 단장님의 약혼녀라는 것을 온몸으로 어필하고 있다는 뜻이다.

회장에 입장하기 전에 왕궁의 방으로 데리러 와준 단장님이 눈을 동그랗게 뜨고 굳어버릴 정도의 기세로 어필하는 것이다.

심지어 곧바로 녹아내릴 것처럼 웃는 얼굴을 받아낼 정도의…….

드레스와 액세서리는 무척 멋있어서 황송한 마음이 들었지만, 이 차림으로 있는 게 기쁘지 않은 건 아니다.

단장님이 칭찬해준 것도 기쁘다.

하지만 부끄럽지 않냐고 묻는다면…….

윽……!

"그리고……."

입장하기 전에 있었던 일을 떠올리며 마음속으로 끙끙거리고 있는데, 폐하께서 이어서 뭔가 말하려 한다는 걸 깨달았다.

어라?

오늘은 마물 범람 종식 선언과 내 약혼 발표 자리였을 텐데.

그 외에도 뭔가 발표한다는 이야기는 듣지 못했다.
뭔가 시급하게 이야기해야 하는 일이라도 생겼을까?
의아하게 생각하며 폐하 쪽을 바라본 나는 이어진 말을 듣고 깜짝 놀랐다.
"제2왕자 레인의 약혼도 정리되었어. 상대는 애슐리가의 엘리자베스다."
폐하의 말이 끝난 순간, 오늘 밤 가장 크게 웅성거리는 소리가 들려왔다.
나뿐만 아니라 많은 사람들이 예상하지 못한 발표였던 모양이다.
아니 그보다, 레인 전하의 상대가 애슐리가의 엘리자베스?
엘리자베스 애슐리?
어?
혹시 리즈?
레이 전하의 상대가 내 친구라는 걸 간신히 이해한 나는 황급히 회장 쪽으로 시선을 돌려 리즈를 찾았다.
그러자 두 사람이 금방 눈에 들어왔다.
별다른 이유는 없다.
단상 바로 밑에 어느새 둘이 와서 나란히 서 있었기 때문이다.
폐하의 말을 이어받은 건지, 회장에 있는 사람들을 향해 두 사람이 인사하자 어디라고 할 것도 없이 일제히 박수 소리가 들려왔다.
처음에는 몇 명뿐이었지만 서서히 회장 전체로 퍼져 나갔다.
그리고 주위 사람들의 축복을 받은 두 사람은 서로 얼굴을 마주보며 행복한 듯 미소를 지었다.
나는 어땠냐고 하면, 예상 밖의 일에 그저 멍하니 서서 두 사람을 쳐다보고만 있었다.

◆◆◆

왕궁 한구석, 마음이 잘 맞는 친구와 다과회를 연다면 이곳에서 한다고 할 정도로 거의 지정 장소가 된 정원 가제보에서 오늘도 여자들만의 모임이 열렸다.

"정말 깜짝 놀랐어. 전혀 몰랐거든."

"미안해요. 내밀하게 진행하던 거라서요."

"그렇구나. 그럼 아이라도 몰랐어?"

"아뇨, 저는 선배들의 소문을 듣고 어쩐지 그렇게 되지 않을까 생각하고 있었어요."

모임이 시작되고 나서 바로 화제에 오른 건 레인 전하와 리즈의 일이었다.

축하 모임에서 두 사람의 약혼이 발표된 것은 나에게 아닌 밤중에 홍두깨 같은 일이었지만, 아이라는 알고 있었던 모양이다.

선배들이라는 건 궁정 마도사들을 말하는 거겠지.

궁정 마도사단에서 소문이 돌았다면 귀족들 사이에서는 이미 알려진 이야기였을지도 모른다.

그곳은 귀족이 많으니까.

약용식물연구소에도 물론 귀족은 있다.

하지만 연구소에서 소문으로 도는 건 약초나 포션에 관한 것뿐이고, 사교에 관한 이야기는 그다지 하지 않으니까.

나만 세상 물정을 잘 모르는 건 아니라고 생각하고 싶다.

"혹시 상당히 예전부터 이야기가 진행된 느낌이야?"

"네. 최근 들어 환경이 정리되었거든요. 마침 축하연이 개최된다고 하니, 그때 발표하자는 이야기로 진행되었어요."

"나와 똑같은 흐름이네."

"어머, 세이도 그랬어요?"

"응. 대체로 비슷한 느낌이야."

잘 생각해 보면, 리즈와 제1왕자인 카일 전하의 약혼이 파기되었을 무렵부터 레인 전하와의 약혼이 계획되어 있었는지도 모른다.

에둘러 확인해 보니 리즈는 고개를 끄덕였다.

환경이 정리되었다는 건 밑에서 미리 교섭해두었다는 뜻이리라.

그리고 발표할 수 있는 단계에 접어들었을 때, 때마침 축하연이 기획된 것이다.

그 흐름은 내 경우와 똑같다.

하지만 왜 리즈와 카일 전하의 약혼은 파기된 걸까?

문득 의문이 떠올랐지만 이 의문에 대해서는 확인하지 않았다.

어쩐지 그 이유를 예상할 수 있는 데다, 만약 그 예상이 맞는다면 물어봐도 가르쳐주지 않을 것 같았기 때문이다.

가령, 약혼 파기의 이유가 카일 전하의 왕위 계승권이 사라졌기 때문이고, 계승권을 잃은 이유가【성녀】에게 불경을 저질렀기 때문이라면?

아마도 당사자인 나에게는 전하지 않을 거라는 생각이 들었다.

내가 신경 쓸 것 같다는 이유로.

리즈는 그런 배려를 하는 아이이다.

"리즈는 축하연과 함께 발표해도 괜찮았던 거야? 보통은 제대로 약혼 피로연을 연다고 들었는데.”

예전부터 진행되던 이야기였다면, 축하연과 별개로 약혼을 발표할 수도 있었을 것이다.

원래 있던 세계에서는 약혼 피로연 같은 게 없었기 때문에 나는 별다른 생각이 들지 않았지만, 리즈는 생각하는 바가 있었던 게 아닐까?

뭔가 다른 이야기를 하려고 생각하다가, 문득 의문이 들어서 물어보자 리즈는 미소를 지으며 고개를 가로저었다.

“문제없어요. 왕족의 약혼은 매년 개최되는 왕가 주최 야회에서 발표하는 게 일반적이니까요.”

“그렇구나.”

“몇 번이나 야회를 여는 것보다는 한 번으로 합치는 편이 수고도 덜 들고 경비도 절약할 수 있고요.”

“리즈도 참.”

이어서 말한 내용은 코스트를 삭감할 수 있다는, 묘하게 현실적인 이유였다.

농담처럼 말하긴 했지만 그게 주된 이유는 아니지?

아니라고 생각하고 싶다.

“세이야말로 괜찮아요? 세이라면 개별로 개최한다 해도 문제는 없었을 것 같은데.”

“오히려 고마운 일이지. 나도 왕가가 후견해 주고 있는 데다 몇 번이나 야회에 참석하는 것도 귀찮으니까.”

이번에는 리즈가 나야말로 괜찮았느냐고 물어봤지만, 그쪽이야말로 문제없다.

마음을 터놓을 수 있는 친구들뿐이라 솔직하게 대답했더니, 방울이 구르는 듯한 웃음소리가 울려 퍼졌다.

"약혼도 발표했겠다, 앞으로는 결혼식을 준비하나요?"

"그렇게 되나?"

한바탕 웃고 나서 아이라가 두근두근하는 표정으로 물었다.

약혼 피로연은 끝났으니 그 다음에는 결혼식 준비에 돌입할 거라고 생각했지만, 주위 사람들에게 듣지 못했을 뿐이지 뭔가 다른 게 있을지도 모른다.

질문에 대답하면서 리즈 쪽을 쳐다보자, 내가 무슨 생각을 하고 있는지 파악한 듯 리즈가 대답했다.

"그렇죠. 저도 내년 봄에 결혼식을 올릴 예정이라, 벌써 준비를 시작했어요."

"빠르지 않아?!"

내년 봄 언제인지는 모르지만, 최단이라 해도 일 년 가까운 시간이 남아 있다.

그런데도 이미 준비를 시작했다는 말을 듣고 저도 모르게 되묻자, 리즈는 어이가 없다는 듯한 눈빛으로 나를 돌아보았다.

"무슨 말씀을 하시는 건가요? 회장을 준비하고 초대할 분을 조정하고, 의상을 만드는 데도 시간이 걸리잖아요?"

"그거 전부 자기가 결정해야 하는구나……."

결혼식 준비 같은 건 해본 적이 없어서 얼마나 힘든지 잘 알 수 없다.

하지만 어쩐지 힘들 것 같다는 건 이해가 갔다.

회장을 준비한다고 한마디로 말하긴 했지만, 결정하지 않으면 안

되는 게 많을 것이다.

원래 있던 세계에서는 왕족 결혼식쯤 되면 국내외에서 많은 사람들이 초대를 받는데, 이쪽 세계에서도 비슷하겠지.

그렇게 많은 사람들의 스케줄을 조정하려면, 일본의 직장에서 여러 부서의 회식 간사를 했을 때 이상으로 힘들다는 것 정도는 상상할 수 있다.

의상을 만드는 건……, 솔직히 말해서 잘 모르겠다.

디자인을 비롯해 대부분은 항상 마리 씨 쪽에 맡기고 있으니까.

내가 할 일이라고 하면, 치수를 재고 가봉이 나왔을 때 나를 부르면 그때 가서 맞춰 주는 것 정도다.

하지만 하루 이틀 만에 오더 메이드 드레스를 만들 수 있을 것 같지도 않으니, 분명 나름대로 시간이 걸릴 것이다.

심지어 이번에 만들어야 하는 건 웨딩드레스니까.

이쪽 세계에서도 여성들이 동경하는 드레스이기 때문에, 지금까지 그래왔던 것처럼 모두 다 맡길 수는 없을 것 같았다.

분명 어떤 게 좋은지 이것저것 확인하지 않을까?

물론 그런 질문들을 받는다고 해도 대답을 잘 할 수는 없을 것 같지만.

일본에 있었을 때는 연애 방면의 일들과 인연이 없었기도 해서, 내 결혼에 대해 생각한 적이 없었다. 그래서 웨딩드레스나 결혼식에 대해서도 어떻게 하고 싶다는 바람을 가진 적도 없었다.

조금 귀찮지만, 질문을 받았을 때를 대비해서 지금 어느 정도 요망 사항을 생각해 놓는 편이 좋을 것 같다.

앞으로의 일을 생각하며 약간 침울해하자 리즈가 쿡쿡 웃었다.

"혼자서 전부 다 결정할 필요는 없어요. 저도 주위 사람들의 도움을 받고 있으니까요."

"그래?"

"네. 드레스 디자인이나 회장 준비에서도 조언을 듣고 있고, 초대 손님에 관해서는 집안끼리 친분이 있는 분을 불러야 하니 필수적으로 의논이 필요하죠."

"그렇구나."

완벽한 영애인 리즈조차도 주위 사람들의 도움을 받고 있다는 말을 들으니 어깨가 조금 가벼워졌다.

그래.

드레스와 마찬가지로 회장이나 초대 손님에 관해서도 의논하면 되는구나.

게다가 '집안끼리 친분이 있는'이라는 말을 듣고 깨달았는데, 결혼식은 나 혼자만의 것이 아니다.

단장님과도 상관이 있다.

그렇다면 호크가 분들과도 의논하는 편이 좋을 것이다.

그 후로도 리즈에게 결혼식 이야기를 들으면서 앞으로의 일정을 머릿속에 그려 보았다.

그리고 즐거운 여자들만의 모임 다음 날, 곧바로 단장님과 의논하려고 했는데 생각지도 못한 사태가 발생했다.

제2막

# 외국에서 온 소식

즐거운 휴일을 보낸 다음 날은 일할 때도 의욕이 충만하다.

오늘은 어떤 일부터 시작할까 생각하면서 연구실로 향하고 있는데 소장님이 나를 불렀다.

무슨 용건일까?

기사단이나 궁정 마도사단에 서류라도 갖다 주라는 부탁일까?

그런 생각을 하면서 평소와 다를 바 없는 분위기로 소장님이 손짓하는 것에 응해 소장님 쪽으로 갔다.

"무슨 일이에요?"

"호출이야."

"호출?"

소장님은 내가 가까이 다가가자 속도를 맞춰 걷기 시작했다.

걸으면서 용건을 물으니 간결한 대답이 돌아왔다.

아무래도 왕궁에서 호출이 있었던 모양이다. 연구소 입구에 마차가 기다리고 있다고 한다.

실제로 입구에는 마차와 함께 부르러 온 듯한 왕궁 문관이 기다리고 있었다.

호출과 동시에 데리러 오다니, 상당히 서두르는 듯했다.

긴급 안건이 발생했다는 뜻인가?

연구소까지 부르러 와준 문관의 표정도 어쩐지 굳어 있었다.
하지만 사정을 알 것 같았던 문관도 데리고 오라는 말만 들었을 뿐, 용건은 모르는 모양이었다.
어찌 됐든 호출한 국왕 폐하를 찾아갔다.
"갑자기 불러서 미안하군."
"아닙니다."
"자, 일단 앉게."
폐하의 권유에 평소처럼 집무실에 놓인 소파에 소장님과 나란히 앉았다.
보기 드물게 재상님도 앉는 걸 보고, 이야기가 길어질 거라는 예감이 들었다.
심지어 극비 안건인 것 같았다.
시종들이 네 명 몫의 홍차를 올리자 사람들을 전부 물렸다.
평소라면 방 안에 남아 있어야 할 경호 담당 기사들까지 전부 다 나갔다.
소장님에게 눈빛을 보내니 소장님도 평소와 다른 분위기를 눈치챘는지 긴장한 기색을 보였다.
"자이데라에서 긴급 서한이 도착했다."
방에 우리만 남게 되자 폐하가 입을 열었다.
자이데라에서 긴급 서한?
가장 먼저 떠오른 건 텐유 전하의 어머니 일이었다.
하지만 분명 만병통치약으로 회복한 거 아니었나?
그 외에 짐작 가는 게 없기도 해서 잠자코 있었더니, 폐하께서 그대로 이야기를 이어나갔다.

"현재 자이데라에 있는 사절단에서 환자가 생긴 모양이야."

자이데라의 사절단이라 하면, 텐유 전하의 유학으로 생겨난 교류를 계기로 자이데라의 문화 등을 슬란타니아 왕국에도 도입하기 위해 파견된 단체 말인가?

분명 제1왕자인 카일 전하도 같이 갔을 텐데.

"환자……. 돌림병인가요?"

"그건 아직 파악이 안 된 것 같은데, 편지가 쓰인 시점에서는 환자는 한 명이었다는군."

환자라는 말을 듣고 소장님이 눈살을 찌푸리며 전염되는 병인지 확인했다.

현시점에서 병에 걸린 사람은 한 명이고, 사람들 사이에서 감염되는지 아닌지는 알 수 없는 모양이다.

"한 사람인가요? 그런데 긴급하다니……, 뭔가 특수한 증세를 일으키는 병입니까?"

"증세는 고열이 나다가 두통과 구토가 있었다는군. 다만, 증세가 발생한 며칠 뒤부터 의식을 잃고 깨어나지 않는다는 듯해."

"그래서 연락이 온 건가요?"

"그래. 환자의 수와 증세로 판단하면 긴급하게 연락을 보낼 정도는 아니야. 하지만 환자의 지위가 높아서 치료할 수 있는 사람을 파견해 주길 바란다는 요청이 왔어."

거기까지 이야기를 들은 소장님이 한층 더 인상을 찌푸렸다.

폐하의 말대로 감기 같은 증세인 데다 환자도 한 명이라면, 외국에서 긴급하게 연락을 보낼 정도의 일은 아닌 듯하다.

원래 있던 세계와 비교해서 연락 수단이 한정된 이쪽 세계에서는 연락을 주고받는 데는 시간이 걸리기도 하니까.

신경이 쓰이는 건 계속 의식이 없다는 부분과 앞으로 환자가 늘어나지 않을까 하는 부분, 그리고 환자의 지위가 높다는 부분이다.

지위가 높다…….

카일 전하는 아니겠지?

만약 그렇다면 분명하게 말할 것 같은데.

그렇다면 후작 이상의 집안 출신 사람인가?

바다 너머로 가는 사절단이라 각 가문의 후계자는 참가하지 않았을 것 같지만, 그 이외의 우수한 자제들이 참가했을 것이다.

우수한 데다 심지어 지위가 높은 사람이 쓰러졌기 때문에 긴급 연락을 보냈다는 걸까?

"병을 치료할 수 있는 사람이라면, 성 속성 마법을 쓸 수 있는 사람을 보낼 예정입니까?"

"그럴 예정이야."

어딘가 따지는 듯한 말투로 소장님이 묻자, 폐하는 한숨을 내쉬며 고개를 끄덕였다.

이쪽 세계에서는 병에 걸렸을 때 자연스럽게 낫기를 기다리거나 약초를 달인 물을 마시는 경우가 많다.

다음으로 많은 것이 상태 이상 회복 포션을 마시는 방법이다.

원래 있던 세계로 따지자면 병원에서 처방을 받은 약을 복용하는 것과 비슷하다.

다만, 병을 치료할 상태 이상 회복 포션은 상급 포션뿐이라든가 그런 상태다.

재료가 되는 약초가 비싸고, 만들 수 있는 사람도 적어서 몹시 비싸다.

게다가 상태 이상 회복 포션은 병세에 따라 레시피가 다르므로 쓰임새가 좋지 않다.

그래서 이번처럼 먼 곳에 어떤 치료 수단을 보내는 경우, 포션보다는 성 속성 마법을 쓸 수 있는 마도사를 파견하는 경우가 많다.

포션보다 마도사의 치료비가 더 비싸다 해도.

그렇지만 성 속성 마법이라면 무제한으로 병을 낫게 할 수 있느냐 하면, 그렇게 간단히 되지는 않는다.

포션보다는 쓰임새가 좋지만 마법을 쓰는 사람의 성 속성 마법 레벨에 따라서 치료할 수 있는 증세도 달라지기 때문이다.

그 점을 고려해 보면, 이번에 폐하가 자이데라에 파견하려는 마도사는 나름대로 성 속성 마법 레벨이 높은 사람일 거라고 예상할 수 있다.

참고로 이쪽 세계에서 가장 성 속성 마법의 레벨이 높은 사람은 분명 나일 것이다.

뭐니 뭐니 해도 무한대니까.

이쪽 세계에서는 속성 마법 레벨은 10이 최대치로 여겨지는데도 불구하고.

그런 이상한 레벨이라는 건 누구에게도 알려지지 않았지만, 나의 성 속성 마법 레벨이 높을 거라는 사실은 지금까지 저지른 짓 때문에 주위 사람들에게 들켰다.

그래서 이번에 파견될 마도사는 나일 가능성이 크다.

이렇게 불려오기도 했으니 소장님도 그렇게 생각했을 것이다.

소장님이 보기 드물게 험악한 목소리로 폐하에게 따지듯 물은 건 그 때문이다.

그러나 예상은 빗나간 듯했다.

“다만, 이번에는 포션도 보내려고 한다.”

“상태 이상 회복 포션을 보낸다고요?”

“아니, 예전에 세이 님이 만든 만병통치약 말이야.”

만병통치약이라는 단어가 나와서 소장님과 동시에 눈을 동그랗게 떴다.

확실히 만병통치약이라면 증세에 상관없이 상태 이상을 회복할 수 있을 것이다.

사단장님의 감정 마법으로도 확인했고, 텐유 전하의 어머님도 만병통치약으로 쾌유했다는 이야기를 들었다.

그러자 폐하의 뒤를 이어 재상님이 설명해주었다.

요청 받은 대로 자이데라에 궁정 마도사단을 보내기로 했지만, 그걸로 나을지는 미지수다.

그래서 낫지 않을 경우를 고려해 만병통치약을 같이 보내기로 했다고 한다.

만병통치약을 어떻게 취급할지는 이미 폐하와 재상님에게 일임했지만, 두 분은 올곧은 성격이라 제작자인 나에게 허락을 받기로 한 모양이다.

“상관없을까?”

“물론입니다. 꼭 사용해 주세요.”

만병통치약의 존재는 엄중하게 비밀로 한다는 얘기 아니었나?

뭐, 폐하와 재상님이 괜찮다고 판단한다면 안 된다고 말할 생각은 없다.

원래부터 병을 치료하기 위해 만든 물건이니까.
사양하지 말고 써주기 바란다.
그런 마음을 담아 고개를 끄덕이자, 폐하와 재상님이 포근하게 미소를 지었다.
소장님도 내가 가는 게 아니라는 걸 알아서 그런지 안심한 표정을 지었다.
그리고 그 이상은 다른 이야기도 없어서, 물러나겠다고 인사한 뒤 소장님과 함께 폐하의 집무실에서 나왔다.

◆◆◆

국왕 폐하의 호출을 받은 다음 날.
왕궁에서 마법 강의를 듣고 있는데, 사단장님이 잡담하듯 가볍게 말했다.
"참, 다음부터 당분간 강의는 쉽니다."
"원정하러 가시나요?"
마법에 관한 일이라면 사족을 못 쓰는 사단장님에게 마법 강의 시간은 보상 타임이다.
특히 실기 시간은 【성녀】가 마법을 쓰는 모습을 관찰할 수 있기 때문에 상당한 일——가령 마물 토벌이라도 있지 않은 한은 강의를 쉬는 경우가 없었다.
그 말은 즉, 마물 토벌 의뢰라도 있었다는 얘긴가?
심지어 당분간이라고 하는 걸 보면 이 근처는 아닌 모양이고.
하지만 얼마 전에 마물의 이상 발생 종식을 선언한 참인데…….

내심 고개를 갸웃하며 이유를 물으니 예상하지 못한 대답이 돌아왔다.

"네, 잠시 자이데라에 갈 일이 생겨서요."

"네? 자이데라요?"

이 또한 어제 막 들은 지명이라 그런지 저도 모르게 큰 소리로 되묻고 말았다.

폐하가 궁정 마도사를 파견한다고 하더니, 사단장님을 파견하기로 한 건가?!

"혹시 성 속성 마법 일로?"

"어라? 세이 님도 의뢰를 받았나요?"

"아뇨. 저는 포션……."

"아, 그렇군요."

폐하가 극비라며 호출한 거라 상대가 사단장님이라 해도 어디까지 말해도 될지 알 수 없다.

하지만 사단장님이 지명을 말했으니, 마도사를 파견한다는 이야기는 말해도 문제없나?

그렇게 생각하면서 묻자 도리어 질문을 받았다.

만병통치약이라는 단어는 말하지 않고 포션 관련 의뢰를 받았다고 모호하게 대답했더니, 이미 자세한 이야기를 들은 건지 사단장님은 납득한 듯 고개를 끄덕였다.

그리하여 이야기를 들어보니, 역시나 성 속성 마법을 쓸 수 있는 마법사로 사단장님이 자이데라에 가기로 한 모양이었다.

듣자 하니 궁정 마도사단에서 사단장님이 가장 성 속성 마법 레벨이 높기 때문에 선발되었다나.

전에 사단장님은 모든 속성 마법을 쓸 수 있다고 들었는데, 오늘 새로 들은 정보에 따르면, 그 속성 마법의 레벨이 전부 레벨 10이라고 한다.

레벨 10은 지금 현재 이 세계의 속성 마법 레벨 최대치였지?

어? 전부 기록 한계치라고?

들은 순간 역시와 폐인이라는 단어가 떠올랐다.

참고로 여기서 폐인이라는 건 일상생활에 지장이 생길 만큼 게임에 푹 빠져버린 사람을 가리킨다.

게임은 아니지만 사단장님도 마물 토벌에 푹 빠져 있기 때문에 폐인이라 해도 틀리지는 않을 것이다.

그건 그렇고, 사단장님을 보내다니 상당히 놀랍다.

사단장님은 최강 전력의 일각이기도 하니, 국외로 나가는 일은 딱히 없을 거라 생각했기 때문이다.

마물 이상 발생이 진정되었기 때문에 나갈 수 있게 된 걸까?

뭐, 자이데라는 멀어서 몇 번이나 사람을 보낼 수는 없으니까 처음부터 가장 레벨이 높은 사람을 파견하는 게 이치에 맞다는 생각은 들지만.

"자이데라에는 이 나라에 없는 마법도 있다고 해서 무척 기대가 됩니다."

"그런가요?"

병자를 치료하기 위해 자이데라로 가게 된 건데, 사단장님의 의식은 다른 곳을 향하고 있었다.

생글생글 웃으며 사단장님이 입에 올린 말은 미지의 마법에 관한 것이었다.

안정적이라고 해야 하나 뭐라 해야 하나…….

그래도 상관없나?

뭐, 사단장님에게 주의를 준다 해도 소용이 없을 것 같긴 하지만.

일부러 참견은 하지 말자.

머릿속으로 그런 생각을 하며 미적지근한 눈빛을 보내며 맞장구를 쳤더니, 사단장님은 흥분한 기색으로 이야기를 계속했다.

"네! 저쪽에는 부적이라고 불리는 마법을 부여한 물건이 있는 모양입니다."

"부적……."

"종이에 특수한 잉크를 써서 문양을 그린 물건이라고 하더군요. 모양에 따라 발동하는 마법이 다르다나."

자이데라의 부적이라는 말을 듣자 옛날에 영화에서 봤던 중국의 부적이 머릿속에 떠올랐다.

세세하게는 기억하지 못하지만, 그런 느낌이려나?

부적에 대해 이것저것 생각하는 동안에도 사단장님은 눈을 반짝이며 부적 이야기를 계속 이어나갔다.

그러다가 뭔가 생각이 났다는 듯 손에서 딱 소리를 냈다.

"게다가 자이데라에는 쌀 요리도 있어요!"

"확실히 자이데라의 한 지방에서 재배되고 있다고 한 것 같아요."

"아무래도 세이 님이 만들어주신 요리 외에도 이것저것 있는 모양이라, 이번 기회에 꼭 먹어 보고 싶다는 생각이 드네요!"

요리 스킬이 있는 사람이 만든 요리에는 HP 회복량 증가나 물리 공격력 향상 등의 효과가 붙는다.

요리에 따라 효과가 다르지만, 쌀 요리에는 특히 마법과 관련된

효과가 있다.
그렇기 때문에 사단장님이 마음에 들어 하는 것이리라.
그런 쌀 요리의 재료인 쌀은 슬란타니아 왕국에서는 재배되지 않는다.
자이데라의 어떤 지방에서 재배되고 있는데, 이쪽 세계에서는 쌀 요리도 자이데라의 요리다.
자이데라에는 중화요리와 아주 비슷한 요리가 많다.
당연히 내가 모르는 쌀 요리도 있을 것이다.
그리고 사단장님의 머릿속은 미지의 쌀 요리를 먹을 생각으로 가득했다.
그건 좋지만, 사단장님은 자이데라에 가는 원래 목적을 잊은 거 아닐까?
이번에 자이데라에 가는 건 병에 걸린 사람을 치료하기 위함이다.
괜찮으려나?
아무리 그래도 치료하는 건 잊어버리고 먹고 다니기만 하지는 않겠지?
일말의 불안을 느끼면서 “제대로 치료해 주세요”라고 말하자, “물론입니다”라는 믿음직스러운 대답이 돌아왔다.
응, 괜찮다고 생각하자…….
다음 날.
포션 재료가 든 커다란 냄비를 휘저으며, 이유는 잘 모르겠지만 자이데라에 대해 생각했다.
병에 걸려 쓰러진 사람에 대해서는 사단장님에게 뒷일을 맡길 수밖에 없으니 깊이 생각하지 않았다.

사단장님의 레벨이라면 주된 증세는 성 속성 마법으로 치료할 수 있다고 하니 아마 괜찮을 것이다.

사단장님과의 대화는 쌀 이야기가 중심이었는데, 자이데라에는 쌀을 제외하고도 슬란타니아 왕국에 없는 식재료가 있다.

중화요리에서 쓰이는 채소와 향신료도 있고, 된장이나 간장 같은 조미료도 있다.

텐유 전하에게 들은 이야기에 따르면 차도 이런저런 종류가 있다고 한다.

녹차 같은 발효하지 않은 차, 우롱차 같은 발효한 차, 재스민 티 같은 꽃향기를 넣은 차도 있다는 모양이다.

지금은 주로 허브티를 마시는데, 가능하면 녹차도 마시고 싶다.

물론 우롱차나 재스민 티도.

하지만 수입품은 엄청 비싸서 간단히 손에 넣을 수는 없다.

그래서 슬란타니아 왕국에서도 만들 수 있도록 하고 싶었다.

다만, 유감스럽게도 만드는 방법을 모른다.

현지에 가서 벼 재배 방법이나 된장 제조 방법 등을 조사할 수 있으면 좋을 텐데.

그러고 보니, 약초에서도 비슷한 이야기가 나온 적이 있다.

텐유 전하가 연구소를 시찰을 허가해준 보답으로 자이데라 고유의 약초 종자나 모종을 많이 보내주었다.

그것들은 연구소나 분실의 밭에 심어 두었는데, 환경이 맞지 않는지 잘 자라지 않는 것도 있었다.

연구원들과 함께 자라지 않는 원인을 조사하고 있지만, 진척 상태는 좋지 않다.

실제로 잘 자라는 모습을 본 적이 없으니 조사해야 하는 것들이 너무 많은 게 원인이었다.

이런 문제를 해결하기 위해서라도 약초가 자라는 모습을 보고 싶은 데다, 가능하면 키우는 사람에게 이야기도 들어보고 싶다.

그런 욕망이 끊임없이 넘쳐 흘렀지만 실현하기는 어려울 것이다.

왜냐하면 마법이 있다고는 해도 원래 있던 세계보다 이동 수단이 한정된 이쪽 세계에서는 다른 나라에 가기 어렵기 때문이다.

심지어 나는【성녀】다.

내 입장상 간단히 외국에 보내주지 않을 것 같다는 생각이 들었다.

게다가 해야 하는 일도 많이 있다.

그 필두가 바로 결혼식 준비다.

나를 후견해 주는 국왕 폐하나 호크가 사람들과의 조정도 필요하기 때문에, 작업량으로 봐도 질적으로 봐도 비중이 크다.

일단 우선은 단장님과 대화 자리를 마련해야 한다.

나중에 약속을 정하러 가야지.

"좋아, 완성이야."

그런 생각들을 하는 사이에 포션이 완성되었다.

익숙해진다는 건 굉장하다.

중급까지의 포션이라면 다른 생각을 하고 있어도 문제없이 만들 수 있게 되었다.

이제 냄비째로 잠시 식힌 뒤에 병에 담으면 완성이다.

냄비를 불에서 내리고 한숨 돌리는 것과 동시에 뒤가 켕겨서 숨기고 있던 욕망이 툭 새어 나왔다.

"하지만 가보고 싶었는데……."

나 말고 아무도 없는 연구실.

아무도 듣지 않는다고 생각했기 때문에 입밖으로 낸 소망이었다.

하지만 연구실에는 나 혼자만 있는 게 아니었던 모양이다.

"어디에?"

들려온 목소리에 눈에 띄게 몸이 떨렸다.

황급히 뒤를 돌아보니 바로 뒤에 단장님이 서 있었다.

어, 언제부터?!

◆◆◆

"어, 그게, 음……."

하필이면 가장 들키고 싶지 않은 사람에게 들켜버렸다.

어떻게 대답하지?

귀족 영애는 예측하지 못한 사태에 처해도 웃음의 가면 뒤로 감정을 숨겨야 한다고 하던데, 나에게는 어려운 일이다.

이게 사교 자리였다면 다소 굳어 있다 해도 웃을 수 있지만.

유감스럽게도 여기는 연구소다.

내 진영인 데다 긴장이 풀려 있는 상태에서 생긴 일이라 아무렇지 않은 척을 할 수가 없다.

깜짝 놀란 데다 당황해서 생각이 정리되지 않는 탓에 눈빛이 좌우로 흔들렸다.

그, 그래!

"호, 호크 님은 어쩐 일로 여기에?"

순간적으로 생각난 건 질문에는 질문으로 대답한다는 폭거였다.

매너로 따지자면 해서는 안 되는 행동이지만 단장님은 싫은 표정을 짓지 않고 대답해 주었다.

"나는 요한한테 볼일이 있었어. 그리고 세이랑 만나고 싶어서."

사르르 웃는 단장님의 공격력이 엄청나다.

단장님의 웃는 얼굴이 내 마음에 크리티컬 히트를 주었다.

기가 꺾여서 생긴 틈을 그가 놓치지 않았다.

"그래서 세이는 어디에 가고 싶은 거야?"

"윽, 그건……."

결국 입에서 나온 건 뭐라 할 수 없는 단어였다.

"외국……이려나요?"

"외국?"

"으음, 옛날부터 외국에 한번 가보고 싶다는 생각은 했는데……."

왜 의문문으로 답한 거지?

마음속으로 나 자신에게 핀잔을 주었다.

그래도 일본에 있었을 때부터 꿈꿨던 것이기 때문에 어찌어찌 말을 쥐어짤 수 있었다.

여행을 떠나 다양한 경치를 보며 현지 요리도 먹어 보고 싶다고 생각했다.

유감스럽게도 휴일 출근이 상시화된 직장에 다니기도 해서 한 번도 가본 적이 없지만.

"자이데라에 가고 싶어졌어?"

"어, 어떻게 그걸?!"

단장님은 잠시 생각에 잠긴 뒤에 아까부터 내가 떠올리고 있던 나라의 이름을 말했다.

놀라서 소리치자 단장님이 난감한 듯 웃으면서 목소리를 죽인 채 가르쳐주었다.

"가까운 시일 내에 자이데라에 두 번째 일행이 간다는 이야기는 나도 알고 있어. 거기서 추측한 거야."

단장님은 군의 상층부다.

어디서 들었는지는 모르지만, 사단장님 일행이 자이데라에 간다는 걸 알고 있어도 이상하지는 않다.

말투로 보면 만병통치약을 보내는 것도 아는 것 같다.

내가 국왕 폐하의 호출을 받은 것도.

"죄송해요. 자이데라에 가는 건 업무 때문이지, 놀러 가는 게 아니라는 건 알아요. 이야기를 듣고 있었더니 조금 가고 싶어져서요."

"사과할 필요는 없어. 나라 밖으로 나갈 기회 같은 건 거의 없으니까. 외국을 동경하는 마음이 있다면 그렇게 생각하는 건 자연스러운 일이지."

나는 거짓말을 그리 잘하지 못한다.

심지어 호의가 있는 상대에게 거짓말하는 건 다른 사람에게 할 때보다 죄책감이 강하게 느껴져서 더 어렵다.

그래서 빨리 포기하고 솔직하게 말했다.

어쩐지 뒤가 켕기는 구석도 있어서 쓴웃음을 지으며 사과했다. 하지만 단장님은 책망하지 않고 내 마음을 이해해 주었다.

켕기는 마음이 사라진 건 아니지만, 단장님의 다정함에 마음이 포근하게 따뜻해졌다.

"고맙습니다. 하지만 생각만 했어요. 그렇게 멀리 갈 때가 아니니까요."

생각만 했지 실행으로 옮길 생각은 없다.
가능한 상황이 아니라고도 생각했다.
이 또한 솔직한 마음이다.
걱정을 끼치고 싶지 않아서 해명하자 단장님이 고개를 갸웃했다.
"어째서?"
어라? 내가 이상한 말이라도 했나?
"어, 그게, 앞으로 겨, 결혼식 준비도 있고요?"
결혼식이라는 말을 하는 게 묘하게 부끄러워서 우물거렸다.
오히려 더 부끄러워져서 뺨이 약간 달아올랐고 눈빛이 흔들렸다.
내 태도 때문인지, 단장님도 약간 부끄러워하는 것처럼 보였다.
"그렇……지. 그 준비도 필요하지."
입가를 오른손으로 덮으며 단장님이 고개를 끄덕였다.
"그렇죠? 결혼식까지 앞으로 일 년 정도면 슬슬 의상 주문도 해야 하고요."
"일 년?"
단장님이 수긍해준 것에 자극을 받아서, 해야 할 일에 관해서도 말해보았다.
요전에 여자들끼리 모였을 때 리즈가 했던 말에 따르면, 드레스가 준비하는 데 가장 시간이 걸린다고 했다.
그래서 가장 먼저 의상 이야기를 하고 싶었는데, 단장님이 신경 쓴 부분은 그게 아니었다.
다음에는 '일 년'이라는 말이 마음에 걸린 모양이다.
"약혼 기간은 최단 일 년이라고 들었는데……."
"아, 결혼식 준비에 그 정도는 필요하다는 이야기였나."

의아한 표정을 짓는 단장님에게 근거를 제시해보았다.
약혼 기간은 최소한 일 년은 필요하다는 이야기는 여러 사람에게 들었다.
단장님도 똑같은 인식이 있었는지, 턱에 손을 짚고 약간 생각한 뒤에 고개를 끄덕였다.
그러나 생각하는 바가 있는지, 그가 서서히 입을 열었다.
"하지만 그건 최단 기간이잖아? 결혼식은 일 년보다 더 나중에 올려도 문제없을 텐데."
"확실히 그러네요."
"그렇다면 자이데라에 갔다가 돌아온 뒤에 준비를 시작해도 되지 않을까?"
"예?"
예상하지 못했던 말을 듣고 눈을 동그랗게 떴다.
듣고 보니 결혼식을 일 년 뒤에 올릴 필요는 없다.
현재로서는 폐하에게서 결혼식 시기에 관한 언급도 없었고.
단장님의 말대로 자이데라에 다녀온 뒤에 준비를 시작해도 문제없을 것이다.
물론 시기 외에도 문제는 있을 것 같으니, 아무리 자이데라에 가고 싶다고 생각한다 해도 단장님의 말에는 순순히 고개를 끄덕일 수가 없었다.
그런 내 마음을 단장님은 그대로 꿰뚫어 본 모양이다.
"그리고 세이가 신경 쓰는 건 업무를 장기간 쉬게 되는 거야? 아니면 도항할 때 드는 비용? 아, 신분도?"
어떻게 아는 거지?

예시로 든 건 전부 내가 신경 쓰는 것뿐이었다.

쓴웃음을 짓자, 그게 대답이 된 모양이다.

단장님이 나를 설득하듯 말하기 시작했다.

일단 휴가를 받는 것에 관해서는 전혀 문제가 없을 거라고 딱 잘라 말했다.

지금까지 너무 과로했기 때문에 오히려 휴가를 신청하면 기뻐하지 않겠느냐는 말을 들을 정도였다.

여전히 주변에서 신경 쓸 만큼 일하고 있다는 자각이 없어서 소장님도 때때로 임시 휴가를 받으라고 말할 때가 있을 정도였다. 그래서 단장님의 의견에 고개를 끄덕일 수밖에 없었다.

이어서 도항에 드는 비용에 관해서도 마찬가지로, 망설임 없이 문제없다고 단언했다.

원래 있던 세계와 달리 이쪽 세계에서는 해외에 가는 도항 비용은 일반 서민에게는 엄청난 금액이 든다.

하지만 이번에는 나라에서 보내는 파견단과 함께 가는 거라 비용은 적게 들 거라고 했다.

"내가 결정해도 되는 건 아닌데"라는 말을 전제로, 일하러 가는 파견단에 동행하는 게 신경 쓰인다면 폐하에게 보수로 받으면 되지 않냐는 제안까지 들었다.

지난번에 폐하가 불러서 갔을 때도 들은 말이지만, 내 공적에 대한 보수는 정체되고 있다는 말을 들을 만큼 밀려 있다.

공적이 너무 높은 것도 정체의 이유 중 하나겠지만, 내가 폐하 쪽에서 제안하는 보수를 거절하고 있는 것도 이유 중 하나일 것이다.

그래서 이번 도항 비용을 보수로 삼는 건 어떠냐는 이야기였다.

확실히 그 말이 맞다.

그렇게 하면 정체된 보수도 조금은 해소될 것 같았다.

다만, 단장님은 폐하에게 진언한다 해도 보수로 쳐주지는 않을 것 같다고 말하긴 했지만.

그 이유는 이번 자이데라 파견 목적이 자이데라에서 쓰러진 사람을 치료하는 것이기 때문이다.

만약 자이데라에 가서 치료를 담당하게 된다면, 업무 때문에 도항한 셈이다. 드는 비용은 모두 경비가 된다.

당연히 왕궁 쪽에서는 보수로 인정하지 않을 것이다.

그래서 내가 치료를 담당하지 않는 선택지는 없냐고?

내 성격으로 볼 때 환자들을 치료할 게 분명하다.

덧붙여 말하자면 전력을 다해 치료할 테니 반드시 나을 것이다.

단장님은 딱 잘라 그렇게 단언했다.

내가 치료할 수 없다는 생각은 요만큼도 하지 않는 것 같았다.

어라? 뭐지, 이 신뢰는.

"휴가와 비용은 문제없겠군. 이제 신분이 남았는데……."

【성녀】가 나라 밖으로 나가도 문제는 없을까?

단장님은 내가 신경 쓰는 이 문제에 대한 이야기도 하기 시작했다.

다만, 이 건에 관해서는 말하기 힘든 부분이 있는 모양이다.

지금까지 청산유수로 말하던 것과 달리 때때로 고민하며 느긋한 말투로 이야기했다.

역시 내가 생각한 것처럼【성녀】가 나라 밖으로 나가는 건 왕궁으로서는 환영할 수 없는 일이라고 한다.

문제가 되는 건 주로 시큐리티 측면이다.

국외보다 국내에 있는 편이 지키기 쉽기 때문이다.

그리고 자이데라에 누구를 보내느냐는 이야기가 나왔을 때, 이 부분이 걸림돌이었다고 한다.

이번 치료를 위해서 자이데라에 최고의 인재와 물자를 보내는 것이 결정되어 있었다.

물자라는 건 만병통치약이다.

그럼 인재 쪽에서 아무것도 참작하지 않고 고른다면 성 속성 마법 레벨이 이상한 수준인 나일 것이다.

하지만【성녀】를 나라 밖으로 내보내는 건 문제가 있다.

그래서 차선책으로 선택한 것이 사단장님이라고 한다.

"그렇다면 역시 제가 가는 건 어렵겠네요."

"세이가 희망한다면 교섭의 여지는 있겠지."

이야기를 듣고 아쉽지만 자이데라에 가는 건 포기하는 편이 좋을 것 같다고 생각했다.

하지만 단장님은 포기하는 건 아직 이르다고 말했다.

그 이유는 누구를 자이데라에 보내느냐는 이야기가 나왔을 때, 상층부에서 나를 보낼까 사단장님을 보낼까 상당히 고민했다는 모양이다.

그래서 내가 자이데라에 가고 싶다고 희망하고 시큐리티 문제를 해결할 수 있다면, 단장님은 왕궁이 거절하지는 않을 거라고 생각한다는 듯했다.

"그럼 문제는 안전 대책이라는 건가요?"

"그렇지. 그 점에 대해서는 생각이 있어."

"어떻게 하시게요?"

"나도 같이 가려고 해."
"네?!"
나도 모르게 귀를 의심했다.
지금 단장님도 자이데라에 같이 간다는 말이 들린 것 같은데, 착각은 아니지?
하지만 단장님에게는 기사단 업무가 있지 않나?!
"괜찮아. 세이를 지키는 것도 업무 중 하나니까."
생각하던 게 얼굴로 드러난 모양이다.
당황한 내 모습을 본 단장님은 내가 신경 쓰지 않게 배려했는지, 업무라서 그렇다고 말했다.
확실히 【싱녀】를 지키는 건 왕궁 기사의 업무라고 생각한다.
하지만 기사단장의 업무는 그것뿐만은 아닐 것이다.
내가 고집을 부려서 다른 업무를 내던지게 하는 건 몹시 면목 없는 일이다.
그래서 단념하게끔 더 설득하려 했는데…….
"그리고 내가 세이의 바람을 이루어주고 싶거든."
"윽……. 아, 알겠습니다. 잘 부탁드립니다."
단장님은 생긋 웃으면서 반대는 허락하지 않겠다는 듯 말했다.
평소보다 웃음의 압박이 강하다.
애초에 내가 가고 싶다고 한 게 시작이다.
휩쓸리기 쉬운 성격인 탓도 있어서 더는 반론할 수 없었다.
그렇게 해서 단장님이 폐하 쪽과 교섭해준 결과, 무사히 나는 자이데라에 가게 되었다.

## 무대 뒤

그 소식이 도착한 것은 마물 이상 발생이 종식한 축하연이 열리고 나서 며칠 지났을 때였다.

재상 앞으로 도착한 편지는 자이데라에 파견한 사절단이 보낸 것이었다.

긴급을 알리는 인이 찍혀 있었기 때문에, 시종이 곧바로 재상에게 가져왔다.

봉랍을 정성껏 벗긴 후, 편지 내용을 다 읽은 재상이 눈살을 찌푸렸다.

그리고 재상은 편지를 다 읽자마자 일어나서 국왕의 집무실로 향했다.

국왕의 집무실에 들어온 재상의 태도는 언뜻 보기에는 평소와 다르지 않았다.

하지만 오래 알고 지낸 국왕은 재상의 분위기가 평소와 다르다는 걸 깨달았다.

뭔가 좋지 않은 일이 있었던 듯했다.

국왕의 예감은 재상이 사람들을 물리면서 확신으로 바뀌었다.

"무슨 일이 있었지?"

"우선 이것을."

국왕은 집무를 보던 손을 멈추고 재상이 내민 편지를 받아 내용물을 훑어보았다.

좌우로 움직이던 국왕의 시선이 어떤 부분에서 순간적으로 멈췄다가 곧바로 다시 움직였다.

마지막까지 읽고 나서 국왕은 깊은 한숨을 내쉬었다.

"사절단에서 환자가 생겼다고……."

"예. 두통과 고열, 구토 증세를 보이다가 나중에 의식을 잃었다고 합니다."

"돌림병인가?"

"쓰러진 사람은 하나뿐이고, 다른 동료 중에 증세를 보이는 사람은 없다는 듯합니다. 하지만 편지를 보낸 뒤에 늘어났을 가능성은 있겠지요."

"현시점에서는 알 수 없다는 건가. 풍토병인지 어떤지도 이 편지로는 알 수 없는데……."

"그렇습니다."

재상과 두세 마디 대화를 주고받은 국왕은 무언가를 가늠하듯 눈을 가늘게 떴다.

"황급히 보낸 거겠지만 너무 정보가 적군."

"예. 그리고 조금 신경 쓰이는 부분도 있습니다."

"뭐지?"

재상의 말에 국왕은 편지에서 눈을 들었다.

국왕의 의식이 자신에게로 향한 것을 신호로 재상은 신경 쓰이는 부분을 늘어놓았다.

상황을 감안하면 소소한 일이기는 했다.

평소라면 사절단의 책임자가 보내야 할 편지를 이번에는 다른 사람이 보냈다.

나름대로 지위가 높은 사람이기는 하지만 부책임자도 아닌 사람이 보낸 편지다.

하지만 저쪽의 상황을 고려해 보면 평소와는 다른 사람이 편지를 보낸다 해도 그다지 이상한 일은 아니다.

또 하나 신경 쓰이는 점은 편지를 배달한 배다.

평소에 정기적으로 보내는 편지는 슬란타니아 국적의 배로 운반된다.

그러나 편지를 가져온 시종의 말에 따르면 이번에는 자이데라에 속한 상선이 가져왔다고 했다.

이 또한 긴박한 상황에서 보냈다는 점을 고려하면 이해할 수 있기는 하다.

"편지 봉랍은?"

"봉랍은 정식 규격이었습니다. 열어 본 흔적도 없습니다."

"그래도 신경이 쓰인다는 건가……."

편지 봉랍은 보낸 사람을 증명하거나, 누가 읽거나 고쳐 쓰는 것을 방지하기 위해서 쓰이기도 한다.

봉랍에 쓰인 문장은 확실히 보낸 사람의 것과 다르지 않았고 봉랍 상태도 양호했으며, 도중에 내용을 고쳐 쓴 흔적도 없었다.

하지만 재상은 아무래도 마음에 걸리는 느낌을 받았다.

감이기는 하지만, 재상의 오랜 경험을 신뢰하는 국왕은 편지가 위조되었을 경우에 대해 고민하기 시작했다.

완전히 가짜 정보라면 방치해도 문제없다.

다만, 국왕이 대책을 망설일 만한 사정이 편지에 적혀 있었다.

"쓰러진 사람 하나가 문제로군."
"예."
국왕의 무거운 목소리에 재상도 신묘한 얼굴로 대답했다.
자이데라에서 온 편지에는 병으로 쓰러진 사람의 이름도 적혀 있었다.
국왕은 편지에 이름이 적힌 부분으로 시선을 돌리고 눈살을 찌푸렸다.
그곳에는 국왕의 아들이자 제1왕자인 카일의 이름이 적혀 있었다.
나라를 통치하는 자로서 유사시에는 아들을 내버릴 각오가 되어 있긴 있지만, 카일은 죽은 아내가 남긴 소중한 아들 중 한 명이기도 하다.
현시점에서는 편지를 못 본 척할 수 있을 만한 판단 재료는 존재하지 않았고, 국왕의 마음은 조력자를 보낼 것인지 말 것인지 그 사이에서 흔들렸다.
"편지의 진위를 확인하고 싶어도 오가는 데 시간이 걸릴 터."
"어쨌거나 자이데라에는 마도사를 파견하는 편이 좋을 것 같습니다. 편지 내용이 사실이라면 확인하는 사이에 환자의 상태가 악화되지 않으리라는 법도 없고, 다른 감염자가 나타나지 말라는 법도 없으니까요."
결단을 내리기 위해 국왕이 생각난 말을 입 밖으로 내며 의견을 정리하려 하자, 그 말을 들은 재상이 마도사 파견을 제안했다.
이런저런 이유를 덧붙이고는 있지만, 망설이는 국왕의 마음을 헤아린 발언이었다.
재상의 배려를 눈치챈 국왕은 입꼬리를 살짝 올리고 마음속으로 감사하면서 재상의 제안에 찬성했다.

"그래. 그럼 누구를 파견할지가 문제인데, 병을 치료할 수 있는 성 속성 마법을 쓸 만한 사람이라면 한정적이군."

마도사를 파견하기로 정했다면, 그 다음으로 문제가 되는 건 누구를 파견하느냐다.

환자가 친아들이라면 부모로서는 최선을 다하고 싶어지는 게 당연하다.

그러나 그 부분에 문제가 있다.

슬란타니아 왕국에서 가장 성 속성 마법을 잘 쓰는 사람은【성녀】이기 때문이다.

여러 문제가 있어서 이쪽 세계에서는 국왕이 자국 밖으로 나가는 경우가 몹시 드물었다.

만약 국왕이 나라 밖으로 나간다면, 문제를 해결하기 위해 안전대책을 위한 경호원 등 많은 것이 필요해지기 때문이다.

국왕과 동등한 지위인【성녀】도 마찬가지다.

게다가【성녀】는 세상에 일반적으로 알려진 장기 정화 외에도 높은 능력을 보유하고 있다.

만에 하나라도 국외에서 그녀를 잃게 된다면, 나라가 입을 손실은 헤아릴 수 없다.

그래서 국왕과 재상은 세이가 국외로 나가는 것에 소극적이었다.

물론 다른 이유도 있었다.

"치료뿐만이라면 세이 님께 부탁하는 게 가장 확실하겠지만, 편지가 가짜일 경우를 생각하면 다른 사람을 보내야 하겠지요."

"그런 이유도 있지만, 애초에 세이 님께 의뢰해서는 안 되는 일이겠지. 그녀는 이미 본분을 다했으니까."

세이가 이쪽 세계에 소환된 것은 엄청나게 짙어진 장기 때문에 이상 발생한 마물을 처리하기 위해서다.

슬란타니아 왕국에서 행한【성녀 소환 의식】으로 동의도 없이 소환한 것이므로, 세이에게 마물을 쓰러뜨릴 의무는 없다.

그러나 세이는 기사나 궁정 마도사와 함께 왕국 각지에 찾아가【성녀의 술법】으로 마물을 한없이 발생시키던 검은 늪을 정화했다.

지난번에 마침내 마지막 검은 늪을 정화했고, 그로 인해 슬란타니아 왕국은 마물의 위협에서 벗어났다.

국왕의 말대로 세이는【성녀】로서 본분을 다했다.

어렸을 때부터 나라를 짊어질 사람으로 자라난 국왕은 의무나 책임이 어떤 것인지 누구보다 잘 이해했다.

그래서 왕후 귀족도 아니고 원래부터 이쪽 세계 사람도 아닌 세이가【성녀】로서 역할을 다하며 슬란타니아 왕국을 구해준 것에 몹시 감사하고 있었다.

그와 동시에 마물 토벌 외의 다른 책무를 세이에게 부여하는 것에도 부정적이었다.

이쪽 세계에 소환된 탓에 세이가 잃게 된 것을 보전하는 것도, 공적에 어울리는 보수를 준비하는 것도 불가능하다고 생각했기 때문이다.

"그렇다면 드레베스 사단장을 보내는 건 어떠십니까. 성 속성 마법에도 뛰어나고, 그라면 약간 거친 일이 벌어져도 문제없이 대처할 수 있을 거라고 생각합니다."

"거친 일이라……. 그런 일이 일어날 것 같나?"

“편지가 가짜였을 경우를 생각하면, 없으리라고는 단언할 수 없겠지요.”

“가짜였을 경우라. 목적은 뭐라고 생각하지?”

“글쎄요. 【성녀】는 아닐 거라고 생각합니다만…….”

병 치료를 이유로 꾀어낼 수 있는 대상으로 두 사람이 가장 먼저 떠올릴 수 있는 건 【성녀】다.

하지만 재상은 곧바로 후보에서 【성녀】를 제외했다.

자이데라의 사절단이 【성녀】에 대해 자세히 모를 것이라는 게 그 이유였다.

자이데라의 사절단이 슬란타니아 왕국을 방문했을 때는 【성녀】의 능력에 관해서 함구령이 내려졌다.

그런 이유도 있어서 일반적으로 알려진 【성녀】가 마물 토벌에 유능하다는 것 이상의 정보는 자이데라 쪽에 알려지지 않았으리라.

또한, 【성녀】의 외모에 관해서도 자세한 건 비밀이었다.

자이데라의 사절단 앞에 공적으로 모습을 드러낸 것도 한 번뿐이고, 심지어 그때는 머리부터 하얀 베일을 써서 얼굴이 잘 안 보이게 했다.

그래서일까.

텐유의 어머니를 치료할 방법을 찾기 위해 슬란타니아 왕국에 왔는데도, 사절단은 【성녀】에게 관심을 가지는 기색이 보이지 않았다.

사절단이 가장 관심을 보인 것은 약용식물연구소에서 만들어지는 포션이었다.

“그렇다면 목적은 만병통치약인가.”

“그럴 가능성이 크겠지요.”

국왕의 말에 재상이 동의했다.
만병통치약은 특수한 상태 이상 회복용 포션이다.
한 병으로 온갖 증세의 상태 이상을 치료할 수 있는 획기적인 물건이다.
일반적인 상태 이상 회복용 포션은 증세에 따라 알맞은 레시피가 다르고, 복수의 증세를 치료할 경우에는 각각의 증세에 맞는 포션이 필요하다.
그 점을 고려하면, 만병통치약이 얼마나 가치 있는 물건인지 이해할 수 있을 것이다.
만병통치약은 텐유의 어머니를 치료하기 위해 만들어졌다.
치료 방법을 찾던 텐유에게 인정을 느낀 세이가 새로 개발한 것이다.
"예상대로 텐유 님께 건넨 물건에 주목하는 사람이 나타났군."
"만병통치약의 내력을 숨긴 보람이 있군요."
"그래. 제작자를 주목하는 것만큼은 피하고 싶었으니까."
만병통치약은 국왕의 손에서 텐유에게로 건너갔다.
다만, 재상의 말대로 세이가 만든 물건이라는 점은 숨겼다.
만병통치약에는 【성녀의 술법】으로 만든 재료들도 들어가기 때문이다.
【성녀】의 능력을 가능한 한 비밀로 하고 싶었던 국왕 쪽에서는 만병통치약의 내력을 속일 수밖에 없었다.
그래서 텐유에게는 왕가에 대대로 전해지는 귀중한 포션이며, 지금은 만들 수 없는 물건이라고 설명했다.
"텐유 님에게 세 병 정도 건넸는데, 이쪽에도 아직 남아 있다고 생각한 걸까."

"당연한 일이겠지요. 그만큼 귀중한 물건을 아무 보답도 받지 않고 모두 내뱉을 거라고는 생각하지 않을 테니까요."

"그렇지. 그렇다면 이번 파견에는 만병통치약을 들려 보내는 편이 낫겠나?"

"빼앗긴다 해도 저쪽이 만족해서 손을 뗀다면 문제는 정리되니까요. 게다가 만병통치약을 노린 사람을 잡을 수 있다면 저쪽에 빚을 지게 할 수도 있고요."

"그렇지. 【성녀】님에게 주목하지 않게 하기 위해서라도 만병통치약을 활용하기로 할까."

이렇게 해서 자이데라에는 궁정 마도사단의 사단장이 만병통치약을 들고 가기로 했다.

하지만 이런 대화를 나누고 나서 며칠 후, 국왕 쪽이 세이를 배려한 건 아무 소용도 없어졌다.

제3기사단 단장인 알베르트를 통해 세이가 자이데라에 가고 싶어 한다는 말이 전해졌기 때문이다.

안전을 고려하면 세이의 바람은 받아들이기 어렵다.

하지만 자이데라에서 온 편지가 진짜라면 세이보다 더 알맞은 적임자는 없다.

국왕 쪽에서는 고민했지만, 알베르트가 설득하기도 해서 최종적으로 세이가 자이데라에 가는 것이 결정되었다.

제3막

# 여정

자이데라에 가고 싶다는 마음을 단장님에게 들킨 다다음 날.
왕궁에서 온 문관이 자이데라에 갈 수 있게 되었다고 전해주었다.
단장님, 일처리 속도가 빠르네!
과연 유능한 남자는 다르다!!!
저도 모르게 머릿속으로 격찬을 퍼부었을 정도로 내 텐션은 계속 올라갔다.
곧바로 준비를 갖추고 눈 깜짝할 사이에 나는 배 위에 올라탔다.
처음으로 하는 배 여행은 상상했던 것보다 쾌적했다.
이동에 쓰인 배는 원래 있던 세계에서는 옛날 범선이다.
그래서 상당히 흔들리지 않을까 생각했는데.
예상과는 달리 거의 흔들리지 않았다.
바다가 잔잔한 게 다행이었을지도 모르고, 원래 있던 세계에는 없었던 뭔가 마법 대책이 되어 있는 건지도 모른다.
마도사들이 여러모로 바쁘게 움직이고 있었으니까.
지난번에 이야기한 대로 이번 여행에는 물론 단장님도 동행했다.
유언실행(有言實行),
내 경호원으로 따라오게 된 것이다.
물론 단장님이 경호를 맡는 것이 내가 자이데라에 가는 조건 중

하나였다고 한다.
그리고 조건으로 제시된 경호원이 하나 더 있다.
다들 알고 있겠지만, 바로 이 사람이다.
"마물이 안 나오네요."
무척이나 심심하다는 듯 중얼거리며 내 쪽으로 의미심장한 눈빛을 보내는 사단장님이다.
그 또한 내 경호원이자 방패막이다.
방패막이라고 하는 건 자이데라에 가는 또 하나의 조건과 상관이 있다.
또 하나의 조건이라는 건 내 신분을 숨기는 것이다.
그래서 이번에는【성녀】도 아니고 약용식물연구소 연구원도 아닌 신분이 주어졌다.
나에게 주어진 건 사단장님의 측근이라는 신분이다.
또한, 내 신분이 바뀐 영향으로 단장님에게도 사단장님 경호라는 가짜 신분이 주어졌다.
사단장님에게 경호원이 필요한지 의문스러웠지만, 우리 세 사람이 항상 함께 있기 위한 조치이기 때문에 그 부분은 그냥 넘어가기로 했다.
가짜 신분을 받은 건 내가 자이데라에서 누군가를 치료한다 해도 표면적으로는 모두 사단장님이 치료한 것으로 하기 위해서다.
자이데라에서 사단장님이 주목을 모아 내가 눈에 띄지 않게 하기 위한 방책인 듯하다.
물론 국왕 폐하와 재상님에게는 사실을 보고하고, 치료의 대가도 내가 제대로 받게 된다고 들었다.

그 부분은 안심해 달라고 폐하께서도 말했다.
"그러네요."
사단장님의 시선에 담긴 의미는 어쩐지 짐작이 됐지만, 의도적으로 하는 일은 아니다.
주위에 마물이 사라지는 건 내 동작으로 발생하는 액티브 스킬이 아니다. 항상 계속해서 효과가 발휘되는 패시브 스킬이다.
게임 용어를 쓰며 머릿속으로 그런 변명을 늘어놓으면서도 시선의 의미는 눈치채지 못하는 척했다.
하지만 눈을 돌려버린 탓에 완전히 속이지는 못한 것 같다.
"바다의 마물은 과연 어떨지 기대하고 있었는데요."
"안 나온다 해서 손해는 없잖아?"
아쉬워 보이는 사단장님을 단장님이 타일렀다.
궁정 마도사단이라면 인텔리 안경님의 역할이겠지만, 유감스럽게도 인텔리 안경님은 여기 없다.
그렇다면 측근이 해야 하는 일일 텐데, 대체로 단장님이 나보다 먼저 움직였다.
혹시 인텔리 안경님한테 부탁을 받은 걸까?
나도 경호하랴 사단장님도 돌보랴, 단장님의 심로를 헤아릴 수 없었다.
떼를 써서 오게 된 데다 설령 주어진 신분이라고는 해도 역할을 다하지 못하는 건 꽤나 면목 없는 일이다.
"일반적으로는 그렇겠지요. 하지만 해상에 나올 기회가 거의 없으니까, 이번이 좋은 기회인 것 같았거든요."
"나오지 않는다고 해도 전혀 나오지 않는 건 아니잖아? 저기 봐,

왔어.”

계속 미련이 철철 넘치는 듯 입술을 비죽이는 사단장님이었지만, 단장님의 말을 듣고 뱃전 밖으로 몸을 내밀었다.

그 직후, 옆에서 커다란 그림자가 튀어나왔다.

“『아이스 랜스』.”

사단장님도 뭔가가 다가오고 있다는 걸 알아차렸을까?

표정 변화 없이, 또 긴장하는 기색도 없이 주문을 읊었다.

그 순간, 높이 치켜든 손바닥에서 커다란 얼음 창이 튀어나갔고, 그 창은 그림자의 본체로 빨려 들어갔다.

그리고 창에 의해 궤도가 어긋난 그림자는 예상했던 착지점에서 크게 빗나간 곳에 떨어졌다.

이어서 커다란 소리를 내며 위턱이 작살처럼 길게 뻗은 길이 4미터 정도 되는 물고기 형태의 마물이 갑판 위에 떨어졌다.

원래 있던 세계의 청새치와 닮았다.

먹을 수 있다면 참치 회덮밥 비슷한 걸 만들 수 있을 것이다.

하지만 이건 마물이다.

숨이 끊어지는 것과 동시에 갑판 위에서 사라졌다.

“여전히 솜씨가 뛰어나네요.”

감탄하는 건지, 어이 없어 하는 건지.

잘 알 수 없는 목소리로 중얼거린 사람은 상회의 오스카 씨다.

【성녀】의 상회 사람이라고는 해도 왜 일반인인 오스카 씨가 공적인 사절단에 동행하냐고?

물론 분명한 이유가 있다.

사절단에 상회 사람을 파견하라고 왕궁에서 의뢰했기 때문이다.

이번에 자이데라에 가는 건 사절단에 생긴 환자를 치료하기 위해서지만, 치료만으로 끝내기에는 여비가 조금 아깝다.

모처럼의 기회이니 슬란타니아 왕국에 없는 유용한 물건을 찾고, 만약 그런 것이 있다면 입수할 수 있는 경로도 만들자.

그렇게 생각한 왕궁 사람들이 오스카 씨를 선별했다고 한다.

일본에서는 주식이었던 쌀이나 된장 등의 조미료를 수입하고 있는 관계로, 슬란타니아 왕국에서 가장 자이데라와 거래가 많은 상회는 내 상회다.

그런 이유도 있어서 내 상회 사람이 선택되었다나.

나에 대한 배려가 다소 있었을지도 모른다.

"가볍게 쓰러뜨렸지만, 방금 그거 상당히 강하죠?"

작은 목소리로 속닥속닥 오스카 씨에게 말을 거는 사람은 분실에서 온 메이 씨다.

평소에는 요리사 견습으로 일하고 있다.

이쪽도 왕궁의 요청으로 사절단에 참가하게 되었다.

슬란타니아 왕국과 자이데라는 요리 취향이 다르기 때문에, 자이데라의 요리에 익숙하지 못한 사람을 위해 사절단에 요리사도 동행하게 했고, 그래서 선발되었다.

메이 씨도 호기심이 왕성한 사람인 듯, 자이데라의 요리에도 관심을 보이며 일하러 오는 김에 배워서 돌아가고 싶다고 했다.

"육지에서는 중간 랭크 정도겠지만 해상이니까. 육지보다 처리하기 힘들겠지."

"전혀 힘들어 보이지 않았는데요."

"드레베스 님이니까."

“아아…….”

육지 마물보다 바다 마물이 2할 더 무찌르기 힘들다고 말했던 사람이 사단장님이었던가.

두 사람의 대화를 듣다 보니 생각났다.

실제로 바다 마물의 퇴치 난이도는 2할 정도의 수준이 아니긴 하지만.

바다 마물은 육지보다 큰 경우가 많은 데다, 토벌하는 쪽은 흔들리는 배 위에서 공격하는 경우가 많아서 토벌 난도가 확 올라간다.

청새치 마물은 바다 마물 중에서는 중간 정도라고 해도, 저렇게 쉽게 무찌른 건 사단장님이 규격에서 벗어난 거다.

그래서 마물 토벌에 관한 사단장님의 기준은 평범한 사람에게는 들어맞지 않는다.

“어머. 마물이 나왔나요?”

“아, 언니.”

느긋한 목소리가 들려온 쪽을 보자, 분실에서 온 또 한 사람인 자라 씨가 이쪽을 향해 걸어오는 모습이 보였다.

나와 마찬가지로 자라 씨를 발견한 메이 씨가 말을 걸었다.

언니라고 부르지만, 두 사람은 피가 이어진 자매지간이 아니다.

메이 씨의 말에 따르면, 어렸을 때부터 자매처럼 같이 자라다 보니 자연스럽게 언니라고 부르게 되었다고 한다.

자라 씨도 메이 씨와 똑같이 왕궁의 요청으로 사절단에 합류한 사람이다.

분실에서는 관리인의 비서를 맡고 있지만, 이번에는 사단장님의 비서로 동행하게 되었다.

물론 그건 표면적인 역할이다.

실제로는 내 시중을 들기 위해 참가하게 되었다고 한다.

연구소에서는 내 일은 내가 직접 하고 있으니 돌봐줄 사람을 일부러 붙여 달라고 할 필요는 없다고 생각하는데.

그렇게 생각해서 한 번 거절했지만, 문관이 무슨 일이 있으면 안 된다는 이유로 강행해버렸다.

시중을 들 사람이 필요해질 만한 무슨 일이라는 게 뭘까?

드레스를 입을 기회가 있을지도 모른다거나?

치료 목적 여행으로 가는 건데.

어쨌거나 모처럼 같이 가게 됐다.

이번 기회에 자라 씨와 메이 씨와 친목을 다지려고 한다.

"예. 드레베스 님이 쓱싹 무찔러 주셨지만요."

"과연 대단하세요."

"정말 그래요. 그런데 무슨 용건이라도 있었나요?"

"네, 슬슬 바람이 차가워질 무렵이니, 괜찮으시면 따뜻한 차라도 드시는 건 어떨까 해서요. 제안하러 왔습니다."

"그거 좋네요! 꼭 마셔요!"

자라 씨의 물음에 대답하면서 이쪽으로 온 이유를 물었는데 멋진 제안을 받았다.

해가 지기 시작하면서 갑판에 불어오는 바람도 차가워진다.

아직 해가 높이 떠 있지만, 자라 씨의 말마따나 아까보다는 쌀쌀해진 느낌도 든다.

그런 상황에서 따뜻한 차를 마시자는 제안은 매력적이었다.

만면에 미소를 지으며 고개를 끄덕이자 자라 씨도 생긋 웃었다.

"다른 사람들에게도 같이 마시자고 해도 되나요?"
"물론이지요."
자라 씨의 제안이었지만, 다른 사람들도 같이 마셔도 괜찮을지 물어보았다.
평소에는 얼굴을 마주할 기회가 적은 사람들이다.
모처럼의 기회이니 이럴 때 교류를 쌓는 것도 좋을 것이다.
자이데라에 도착하면 같이 일하게 될 테니까.
자라 씨도 똑같은 생각을 한 건지, 아니면 내 생각을 알아챘는지는 모르겠지만 내 부탁을 흔쾌히 승낙해 주었다.
그리고 다른 사람에게도 말을 걸어서 즐겁고도 즐거운 티 타임을 보냈다.

◆◆◆

슬슬 자이데라에 도착한다는 연락을 받고 우리는 선실에서 갑판으로 나왔다.
오늘 날씨는 맑다.
불어오는 바람은 다소 서늘하게 느껴지는 정도였고, 빛을 반사해서 반짝이는 수면이 무척 아름다웠다.
그리고 부르러 온 사람의 말대로 배는 항구 근처까지 와 있었다.
멀리 보이는 자이데라의 마을 풍경은 옛 시대 중국 같은 느낌이 들었다.
건물 창문이나 기둥에 중국의 건물 같은 장식이 붙어 있기 때문일까.

지붕에 깔린 검게 빛나는 기와는 옛 일본 가옥이 연상되어 어쩐지 그리운 느낌이 들었다.

조금 떨어진 곳에는 이곳과 취향이 다른 슬란타니아 왕국에서 보는 듯한 서양식 건물도 있었다.

저쪽은 다른 나라에 속한 상회 건물일까.

어쩌면 슬란타니아 왕국의 건물이 있을지도 모른다.

"특이한 건물이 많네."

"이국에 왔다는 느낌이 드네요."

멍하게 마을 풍경을 바라보고 있는데 내 옆에 누군가가 와서 서는 기척이 느껴졌다.

누구일까 싶어서 옆을 쳐다봤더니 단장님이었다.

생각했던 것보다는 쾌적한 여행이었지만, 단장님이라 해도 익숙지 않은 생활은 피곤하게 느껴질지도 모른다.

그가 중얼거린 목소리는 어쩐지 안도하고 있는 것처럼 느껴졌다.

그 말에 고개를 끄덕이며 다시 마을 쪽으로 시선을 돌렸다.

"항구에 도착한 뒤에는 또 이동하던가요?"

"그래. 여기서부터 제도까지는 마차로 이동하게 될 거야."

단장님이 말하는 제도라는 건 자이데라의 수도를 가리킨다.

황제가 있는 도시이기 때문에 제도라고 불렸다.

눈앞에 보이는 마을은 슬란타니아 왕국으로 치면 모르겐하펜 같은 항구 마을인 듯했다.

사절단은 제도에 있기 때문에 여기서부터는 마차를 타고 더 이동해야만 한다.

제도까지는 하루도 걸리지 않는 거리라서 아침에 출발하면 저녁에는 도착하는 모양이었다.
지금 시각은 점심 전.
제도로 출발하기에는 조금 늦은 시간이라, 오늘은 이 항구 마을에서 하룻밤 묵고 내일 아침이 되면 제도로 출발하기로 했다.
"우와, 아직 흔들리는 느낌이 들어!"
"어머, 진짜 그러네."
배에서 내려 땅에 발을 디뎠다.
오랜만에 육지에 내딛어서 안심했지만, 오랫동안 흔들리는 환경에 있었기 때문인지 배에서 내려도 몸이 흔들리는 느낌이 들었다.
그렇게 느낀 건 나뿐만이 아니었다.
같이 내린 메이 씨도 내가 느낀 것과 똑같은 말을 했다.
동의한 사람은 자라 씨다.
다들 똑같이 느꼈나 보다.
그렇게 생각한 것도 아주 잠시, 생각이 금방 뒤집혔다.
"땅 멀미네. 얼마 후에는 진정될 거야."
"내일이면 나을까요?"
"어쩌면 이삼일이 걸릴지도 모르지. 치료하는 요령이 있다고 하니 나중에 가르쳐줄게."
"고맙습니다."
자라 씨와 메이 씨의 뒤를 이어 배에서 내린 오스카 씨는 아무렇지 않아 보였다.
항상 왕도 상회에 있는 이미지라서 배 여행에 익숙할 거라고는 생각도 못했는데.
어쩌면 그는 예전에 일했던 상회에서 배를 탈 일이 많았을지도 모른다.

"괜찮아?"

"앗! 네, 괜찮아요."

멍하게 메이 씨 쪽을 바라보고 있었던 탓에 단장님에게 걱정을 끼친 모양이었다.

단장님은 안색을 살피듯 내 얼굴을 들여다보았다.

갑작스러운 접근에 가슴이 덜컹 소리를 냈다.

뺨이 살짝 뜨거워지는 느낌이 들었다. 얼굴이 더 빨개지지 않기를 바라며 황급히 대답했다.

"몸이 안 좋은 것 같으면 바로 말해줘."

"고맙습니다. 약간 아직 흔들리는 느낌이 들지만 괜찮아요."

"그래. 그렇다면 슬슬 숙소로 이동할까."

"좋아요."

단장님이 향한 쪽에는 마차가 몇 대 서 있었다.

나라가 다르면 마차의 모습도 다른 모양이다.

마을 풍경과 마찬가지로 마차의 외관도 이국 정서가 풍겼다.

숙소까지는 이걸 타고 이동하는 것 같았다.

사단장님은 이미 마차로 향하는 중이었다. 앞쪽에서 팔을 올리며 기지개를 펴는 모습이 보였다.

그건 그렇고, 단장님과 사단장님은 평소와 다르지 않았다.

오스카 씨와 마찬가지로 둘 다 아무렇지 않은 건가?

어쩌면 흔들림을 느끼지 않는 요령이 있다든가?

나중에 물어볼까?

그런 생각을 하며 마차에 올라탔다.

안내를 받은 숙소에서는 느긋하게 쉴 수 있었다.
푹 잠든 덕분에 다음 날도 활기차게 눈을 떴지만, 가장 활기가 넘치는 사람은 사단장님이었다.
아침부터 텐션이 높고 컨디션이 최상이었다.
어쩔 수 없는 일이다.
왜냐하면 아침 식사가 중화풍 죽이었기 때문이다.
쌀 요리에 사족을 못 쓰는 사단장님이 법석을 떠는 것도 무리는 아니다.
"세이 님!"
"왜, 왜 그러세요?"
"이 요리에 쓰인 건 혹시 쌀이 아닌가요?"
아침 식사 자리에서 큰 소리로 내 이름을 부르는 바람에 몸을 떨었다.
나를 부른 사람은 사단장님이었다.
말을 더듬으며 왜 불렀는지 되묻자 그가 요리 재료에 대해 물어보았다.
각각의 앞에 놓인 사발에는 죽이 담겨 있었다.
겉보기로도 알 수 있지만, 요리를 만들어 준 숙소 사람도 죽이라고 확실하게 말했다.
그러니 요리의 대부분을 차지하고 있는 하얀 알갱이의 정체는 쌀일 것이다.
"혹시가 아니고 쌀이라고 생각해요."
"역시나!"
그렇다고 하자 사단장님은 눈을 반짝였다.

들은 이야기에 따르면, 죽은 이 근방에서 일반적인 아침 식사라고 한다.

드물기는 하지만 일본에서도 아침 식사로 죽을 준비하는 호텔이 있다. 죽이라는 말을 들어도 그립다는 생각이 드는 정도지, 딱히 신기하다는 생각은 들지 않았다.

하지만 다른 사람들에게는 처음 보는 요리였던 모양이다.

"세이 님은 이 요리를 아시나요?"

"네, 고향에도 있었거든요."

"처음 듣는 이야기입니다만."

"그래요? 연구소에서도 한 번 만들었는데요."

"연구소에서……. 혹시 쌀과 물만으로 만들었던 그건가요?"

"맞아요, 그거예요."

사단장님이 약간 책망하는 목소리로 말했지만, 그가 쌀 요리에 막 사로잡혔을 무렵에 부탁을 받아 연구소에서도 만든 적이 있다.

그때 만든 건 일본식 죽이다.

원래 먹을 기회가 적었기 때문에, 사단장님이 부탁하기 전에는 만들어본 적이 없었다.

대체로 몸이 좋지 않을 때 먹으니까, 그럴 때는 직접 요리할 기력도 없어서 편의점에서 레토르트를 사다 먹었고.

그런 연유로 희미하게 기억 나는 레시피로 만들었는데, 문제없이 만들었던 것 같다.

다만 사단장님의 기대에 부응할 정도의 효과가 없었을 뿐이다.

그래서 사단장님도 지금까지 잊고 있었던 것이리라.

"전에 만든 건 이것과는 느낌이 달랐어?"

"네. 예전에 만든 건 고향의 죽이라 이렇게 다양한 재료가 들어 있지 않았어요."

"고향의 죽이라는 건, 이건 아니라는 거야?"

"이건 이웃 나라 죽에 가까워요."

그 다음으로 말을 건 사람은 단장님이다.

사단장님과의 대화를 듣고 의문이 든 모양이었다.

연구소에서 만들었을 때는 물과 쌀만 재료로 썼다.

하지만 눈앞에 있는 죽은 예전에 먹었던 자이데라 요리와 마찬가지로 중화풍 죽이다.

쌀 외에도 닭고기나 파 같은 게 들어 있다.

갈색으로 응고된 젤라틴 같은 건 피단인가?

짙은 녹색의 노른자 같은 것도 보인다.

일본에 있었을 때 잡지에서 본 적은 있지만 먹어본 적은 없다.

어떤 맛일까?

미지의 맛에 두근거리는 마음을 품고 숟가락으로 피단을 떠서 입에 넣자, 몰캉몰캉한 식감에 삶은 달걀 노른자 같은 맛이 입안에 퍼졌다.

"이 요리는 HP와 MP의 자연 회복량이 올라가는 것 같네요. 심지어 상승치가 높아요! 실로 훌륭하군요!"

아무래도 사단장님은 식사는 뒷전이고 감정 마법을 구사해서 요리의 효과를 조사하고 있는 듯했다.

쌀 요리는 마법과 관련된 효과가 있는 게 많아서 사단장님은 독자적으로 연구하고 있다.

이번에 나온 죽도 마법과 관련된 효과가 있었던 모양이다.

생글생글 웃으며 여태까지의 연구 성과를 바탕으로 한 고찰을 읊고 있었다.

죽에 넣는 재료에 따라 효과가 다른가, 라는 말을 하고 있는 것 같은데, 이거 또 나중에 취조당하는 거 아냐?

좋지 않은 예감은 들어맞는 법이라, 원래 있던 세계의 죽에 관해서 나중에 가르쳐달라는 말을 들었다.

단장님의 웃는 얼굴이 주는 압박감도 굉장하지만 사단장님도 만만치 않았다.

어쩐지 몽땅 다 털어놓으라는 말을 들은 기분이었다.

◆◆◆

떠들썩한 아침 식사를 끝마친 뒤에 바로 제도로 향하기로 했다.

도중에 휴식을 취해 가며 마차에 흔들리기를 몇 시간.

들었던 대로 저녁쯤 제도에 도착했다.

마차는 사절단이 머물고 있는 저택의 문 앞에서 멈췄다.

마차의 문이 열리자마자 일단 사단장님이 내리고 다음으로 단장님이 내렸다.

나는 그 뒤를 따라 단장님의 에스코트를 받아서 내렸다.

내 뒤로는 자라 씨가 내렸고, 다른 마차에 타고 있던 메이 씨와 오스카 씨도 합류했다.

문 바로 앞에 현관이 있었다.

슬란타니아 왕국의 귀족 저택과는 달리, 자이데라의 저택은 문에서 현관까지 도보로 이동할 수 있는 정도의 거리밖에 없는 듯했다.

그렇구나. 그래서 마차가 문 앞에 멈췄구나.

요즘은 현관 앞까지 마차로 이동할 때가 많아서 문 앞에 마차가 멈춘 게 이상했는데, 이 정도 거리라면 이해할 만하다.

신기해서 여기저기 눈을 돌리고 있는데, 저쪽에도 우리가 도착했다는 연락이 간 모양이었다.

현관문이 열리고 안에서 사람이 나왔다.

언젠가 봤던 빨간 머리가 눈에 들어왔다.

전에 만난 게 언제였더라?

상당히 과거처럼 느껴졌다.

"먼 길인데 잘 왔어."

저택 안에서 나온 사람은 먼저 자이데라에 와서 사절단을 통솔하던 제1왕자 카일 전하였다.

미소로 맞이해 주었지만, 어쩐지 분위기가 경직된 느낌이 들었다.

긴장한 건가?

아니, 저 사람이 그럴 리가 없지.

묘한 분위기에 마음속으로 고개를 갸웃거리고 있는데, 분위기가 이상한 건 카일 전하뿐만은 아니었다.

이쪽 사람들도 어쩐지 이상한 분위기였다.

아연실색했다고 해야 하나, 뭐라 해야 하나.

비교적 평소와 똑같은 사단장님조차 고개를 살짝 갸웃거리고 있었다.

"마중 나와 주셔서 황송합니다."

"이야기는 안에서 천천히 듣지. 일단 들어와."

이쪽의 분위기를 카일 전하가 어떻게 느꼈는지는 모르겠지만, 미묘한 분위기는 감지한 모양이다.

정신을 차린 사단장님이 대표로 답인사를 하자, 곧바로 저택 안으로 안내를 받았다.

저택 내부를 견학할 틈도 없이 나와 단장님, 사단장님은 응접실 같은 방으로 들어가게 되었다.

같이 온 다른 사람들은 가져온 짐을 정리한다며 앞으로 지낼 방으로 향했다.

응접실에 도착하자 카일 전하가 사람들을 물렸다.

그래서 지금 있는 건 우리 세 명과 카일 전하, 총 네 명이었다.

방금 전까지의 이상한 분위기가 신경 쓰였는지, 방에 있는 소파에 앉자마자 카일 전하가 입을 열었다.

"이곳으로 온다는 연락이 갑자기 와서 놀랐습니다. 무슨 일이 있었습니까?"

슬란타니아 왕국에서 온 세 사람 중에서 내 신분이 가장 높기 때문일까?

내 쪽을 보며 카일 전하가 말을 걸었다.

카일 전하가 정중하게 말을 걸어온 건 처음이라서 엄청 위화감이 들었다.

"사실은 이쪽 사절단에서 환자가 생겼다는 긴급 연락이 도착했습니다."

"환자?"

"네, 모르셨습니까?"

"어, 그런 이야기는 못 들었는데……."

내가 당황한 걸 눈치챘기 때문인지는 모르지만, 카일 전하의 질문에 단장님이 대답해 주었다.

내용은 내가 왕궁에서 폐하에게 들은 것과 똑같았다.

하지만 카일 전하는 짐작 가는 바가 없는 모양인지, 환자라는 말을 듣고 고개를 갸웃했다.

슬란타니아 왕국에 보낸 편지에 대한 것조차 떠오르는 게 없는 모양이다.

단장님이 재차 확인하자, 카일 전하는 턱에 손을 대고 생각에 잠겼다.

"그 서한은 분명히 이쪽에서 도착한 물건이겠지?"

"예. 서둘러 오게 되어 간단하게 하긴 했지만, 골츠 님이 확인했습니다."

"재상이……."

골츠 님이라는 건 재상님이다.

높은 지위에 올라 있는 만큼 재상님의 조사 능력은 무척 높다고 일컬어진다.

재상님이 이미 확인했다는 말에 카일 전하는 다시 침묵했다.

"미안하지만, 서한에 관련된 건 이쪽에서도 잠시 조사하게 해주겠나."

"알겠습니다."

역시 카일 전하는 짐작 가는 게 없는 듯했다.

그렇다면 누군가가 멋대로 편지를 보냈다는 뜻일까?

상당히 문제가 될 것 같다.

카일 전하는 무척이나 난감한 표정을 지으며 조사한다는 말을 입에 올렸다.

"환자가 생겼다는 이야기였지?"
"네, 그래서 치료반을 보내게 되어 저희가 여기 온 것입니다."
"확실히 더할 나위 없는 치료반이군."
단장님의 말을 들은 카일 전하는 우리의 얼굴을 둘러보고 쓴웃음을 지었다.
카일 전하의 말대로 슬란타니아 왕국에서도 제일가는 멤버라고 생각한다.
마음속으로 고개를 끄덕이는 동안 단장님이 말을 이었다.
"우리로 충분하다고 생각했지만, 만병통치약도 가져왔습니다."
"만병통치약? 이라면 그거 말인가……."
잊어서는 안 될 만병통치약.
내가 동행해서 필요가 없어질 가능성이 몹시 컸지만, 폐하 쪽의 말을 따라 일단 가져오기로 했다.
만에 하나의 경우에 대비해서라고 한다.
만병통치약의 존재는 카일 전하도 알고 있었던 모양이다.
말꼬리를 흐리는 걸 보면, 제작자를 비롯해 세부적인 내용은 비밀이라는 것도 알고 있는 것 같았다.
"만병통치약이라면 어떤 병이라도 치료할 수 있다고 들었는데……."
"네, 감정 마법으로 확인했습니다."
"그렇다면 왜 세이 님이 이쪽에 오신 겁니까?"
카일 전하의 말을 보충하듯 사단장님이 마법으로 감정을 끝냈다고 말하자, 카일 전하가 곤혹스러운 표정을 지었다.
그리고 말하기 어렵다는 듯이 물어보는 내용이 내 마음을 푹 찔

렸다.

지당한 의문이다.

만병통치약으로 온갖 병을 치료할 수 있다면, 나나 사단장님이 먼 길을 찾아올 필요가 없다.

사단장님이라면 아슬아슬하게 만병통치약을 경호하러 왔다고 말하지 못할 것도 없지만, 나는 전혀 필요 없을 것이다.

그래도 여기 온 건 내가 자이데라에 오고 싶다고 말했기 때문이지 다른 이유는 없다.

그렇다, 내가 생떼를 쓴 것이다.

나도 그 사실을 잘 알고 있기 때문에, 카일 전하의 질문이 죄책감을 자극했다.

"뭐라 할까요, 자이데라의 문화에 관심이 있었기 때문이라고 할까요……."

"아, 약초나 식재료를 찾으러 오신 거군요."

켕기는 마음으로 가득 차서 그런지 순간적으로 좋은 변명이 떠오르지 않았다.

하지만 솔직히 말하기도 꺼려져서…….

말꼬리를 흐리면서 거의 본심을 숨기지 않고 내뱉었더니, 카일 전하가 구멍이 뚫린 포장지를 싹 벗겨버렸다.

전하…….

내가 무엇에 관심이 있는지 알고 계셨군요.

카일 전하가 대놓고 말해서 문득 현실도피를 해 버린 건 어쩔 수 없다고 생각하고 싶다.

"여기까지 오셨는데 죄송하지만, 신속하게 돌아가시는 편이 좋겠습니다."

"편지 일 때문입니까?"

면목이 없다는 표정을 지으며 카일 전하는 곧바로 귀국하라고 권했다.

이유로 짐작되는 건 편지 일이다.

"그렇습니다. 이쪽에서 보낸 것이라 해도 여러분이 오실 만큼 중요한 편지에 대해 제가 알지 못하는 것은 부자연스럽습니다. 편지에 적혀 있는 것 외에 다른 목적이 있다고 봐도 틀림없겠지요."

"그 목적이라는 건……."

슬란타니아 왕국에 편지를 보내는 것이나 환자가 생긴 것은 정도를 신경 쓰지 않는다면 카일 전하에게 보고할 필요가 없을 만한 일이다.

하지만【성녀】나 궁정 마도사단의 사단장이 오게 될 정도의 내용이라면, 사절단을 통솔하는 카일 전하에게 보고가 없다는 건 부자연스럽다.

카일 전하의 말대로 편지를 보낸 사람의 목적은 병자를 치료하는 것이 아니라 따로 있을 것이다.

확실하게 말할 수는 없지만, 아마도 여기 오게 된 우리나 만병통치약이라고 생각한다.

카일 전하의 눈을 보면서 도중에 말을 끊자, 카일 전하는 내가 끊은 말에 동의하듯 고개를 끄덕였다.

어떠한 위험이 생각되는 이상, 자이데라에서 느긋하게 관광할 수는 없을 것 같았다.

여기까지 와서 아쉽기는 하지만 어쩔 수 없다.

"그렇다면 저희는 바로 귀국하겠습니다."

"정말 죄송합니다. 편지에 대해 자세한 것을 알게 되는 대로 국왕 폐하에게 보고하겠습니다."

"알겠습니다. 폐하께도 그렇다고 전하지요."

"황송합니다. 참, 그러고 보니."

카일 전하의 제안을 받아들인다고 말하고 대화는 끝날 거라고 생각했다.

하지만 카일 전하는 뭔가 생각난 게 있는 것 같았다.

카일 전하가 생각해낸 건 불행 중 다행이라고 할 만한 것이었다.

지금부터 바로 절차를 밟아도 배 준비가 갖춰질 때까지 며칠은 걸린다.

그 사이에 자이데라의 식물과 식재료에 관한 서책이 저택에 도착하게끔 손을 쓰겠다는 이야기였다.

이 저택에서 나갈 수 없는 건 유감이다.

하지만 조금이라도 자이데라의 생생한 정보가 손에 들어오는 건 고마운 일이다.

책이 있으면 저택에 있는 동안이나 배를 타고 있는 동안에도 시간 죽이기에 좋으니까.

멋진 제안에 웃는 얼굴로 고맙다고 인사하자, 카일 전하도 안심한 듯 표정이 온화해졌다.

그리하여 카일 전하는 바로 움직이기 시작했지만, 귀국 준비는 도중에 멈추고 말았다.

놀랍게도 자이데라에서 밖으로 나갈 수 없게 되었기 때문이다.

제4막

# 출국 제한

사절단이 있는 곳에 도착한 다음 날.

오랜 이동으로 피곤해서 그런지, 평소에 일어나는 시간보다 상당히 늦게 눈을 떴다.

그래서 아침 겸 점심을 먹게 되었다.

바로 브런치라는 것이었다.

식당에는 자이데라 양식의 커다란 원탁이 놓여 있어서, 다들 같은 식탁에서 밥을 먹게 되었다.

여기서는 신분과 상관없이 먹는다고 해서, 단장님과 사단장님뿐 아니라 오스카 씨와 자라 씨, 메이 씨도 같이 앉았다.

그 식사 자리에서 단장님이 예상도 못 한 이야기를 꺼냈다.

"출국할 수 없다고요?"

"어. 점심 전에 연락이 왔어."

단장님에게 자세한 이야기를 들어보니, 아무래도 우리가 입국한 항구 마을에서 배 입출항이 제한되고 있다는 모양이다.

카일 전하의 지시로 우리와 함께 온 문관이 오늘 아침부터 귀국 수속을 시작했는데, 도중에 제한이 걸렸다는 이야기가 귀에 들어왔다고 한다.

황급히 보고하러 온 게 점심 전이었다고 한다.

언제부터 제한이 시작되었는지, 언제까지 제한이 있는지 등 자세한 정보는 아직 입수하지 못한 듯했다. 현재 정보 수집을 위해 여러 사람이 움직이고 있다는 이야기였다.

"카일 전하의 모습이 보이지 않는 것도 그 때문인가요?"

"그래. 카일 전하를 중심으로 사절단에서도 정보를 모으고 있어."

나와 함께 온 사람들뿐 아니라 원래부터 여기 있던 사절단 사람들도 문제 해결을 위해 움직이고 있는 모양이다.

원래는 같이 식사할 예정이었던 카일 전하가 없는 것도 그 때문인 것 같다.

어쩐지 민폐를 끼친 것 같아서 면목이 없었다.

내가 오지 않았다면 이렇게 큰 문제가 생기지는 않았을 것이다.

마음이 괴로웠지만, 우리가 본국으로 돌아가지 못하는 건 상당한 문제라는 것도 사실이다.

그래서 현지에서 연줄이 꽤 생겼을 카일 전하가 진력해 주는 건 고마운 일이었다.

현지 연줄이 있는 편이 빨리 해결할 수 있을 테니까.

"빨리 출국할 수 있게 되면 좋겠네요."

출국 제한의 이유를 알 수 없으니 제한이 해결될 때까지 얼마나 시간이 걸릴지도 불투명하다.

불안감이 들었지만 내가 할 수 있는 일은 없다.

자이데라의 책은 오늘 밤에 배달해 준다고 하니, 얌전하게 그걸 읽으면서 기다려야겠다고 생각했다.

"저로서는 편지 쪽이 빨리 해결되길 바라지만요."

어떤 책이 올지 상상하고 있는데, 사단장님이 느긋하게 입을 열었다.
나와 마찬가지로 점심 전에 눈을 뜬 모양이다.
아직 살짝 졸린 것처럼 보였다.
"편지요?"
"네. 편지를 보낸 목적이 분명해지면 저도 움직일 수 있을 것 같아서요."
"무슨 뜻인가요?"
목적을 알면 왜 사단장님이 움직일 수 있게 되는 거지?
이야기의 경위를 파악할 수가 없었다.
마법 강의에서는 알기 쉽게 설명해주는데, 오늘은 이것저것 생략하는 게 많은 것 같았다.
아직 졸린 것 같으니 잠에 취해서 하는 말인지도 모른다.
그에게 물었더니, 간단한 얘기였다.
편지 내용으로 추측해 보면, 보낸 사람의 목적은 만병통치약이나 회복 마법을 쓸 수 있는 사람일 가능성이 크다.
가능성이 작은 목적으로는 만병통치약을 만들 수 있는 사람도 후보로 들 수 있다.
이 가능성 중에서 만병통치약이 목적이라면 우리가 저택에 틀어박힐 필요는 없어지므로, 마을을 산책할 수 있는 게 아니냐는 이야기였다.
"만병통치약이 진짜 목적이었다고 해도 저택에서 나가기는 어렵지 않나요?"
"그걸 위해서 경호원이 있는 거죠. 저와 세이 님이 떨어지지 않기만 하면 되는 거잖아요."

일이 그렇게 잘 풀릴까?
묘한 계략을 꾸미는 사람이 있다면, 외출은 허락되지 않을 것 같은데.
그렇게 말하자 사단장님이 아무렇지 않게 경호 이야기를 꺼냈다.
"잠깐만, 나도 갈 거야."
"아……. 두 사람 체제가 필수였지요. 실례했습니다."
단장님이 바로 끼어들었다. 그런데 대화 내용이 이래도 괜찮나?
지금은 말려야 할 때 아니야?
"그보다 목적을 안다 해도 반드시 허가가 떨어질 거라고는 할 수 없어."
다행이다.
단장님은 제대로 생각하고 있었다.
그렇게 안심한 것도 순간이었다.
역시 사단장님이 멈출 리가 없었다.
"목적이 만병통치약이라면 당초 예정했던 대로 행동해도 문제는 없다고 생각합니다만. 세이 님도 산책하고 싶지 않나요?"
"네? 아니, 그……."
하고 싶은가 하고 싶지 않은가로 묻는다면 물론 하고 싶다. 하지만 솔직히 대답하는 건 꺼려졌다.
그래서 말꼬리를 흐렸지만, 사단장님은 신경도 쓰지 않는 것 같았다.
그는 두 손을 짝 맞부딪치며 아름답게 미소 지었다.
"후후후. 기대되네요, 시가지 산책. 이것저것 찾고 싶은 게 있거든요."

사단장님의 마음은 이미 시가지 산책으로 날아가버린 듯했다.
두근두근 설레어하며 늘어놓는 말을 듣자 문득 마음에 걸리는 게 있었다.
이것저것?
쌀을 입수하는 게 목적이라고 생각했는데, 아니었던 모양이다.
"이것저것이란 건, 쌀뿐만이 아닌 건가요?"
"네!"
같은 의문을 품은 듯한 오스카 씨가 사단장님에게 물었다.
활기차게 고개를 끄덕이는 사단장님의 모습에 오스카 씨도 보기 드물게 입가가 떨리는 것 같았다.
"어쨌든 아직 갈 수 있을지 없을지 모르니까 지금은 여기서 대기해야지."
"어쩔 수 없지요."
오스카 씨를 배려한 건 아니겠지만, 단장님이 사단장님을 타이르듯이 끼어들었다.
그러자 겨우 진정된 건지 사단장님이 유감스러운 듯 어깨를 올렸다 내렸다.
"드레베스 사단장님은……."
"메이."
"네."
그런 사단장님을 보고 메이 씨가 무슨 말을 하려고 하자 자라 씨가 막았다.
평소처럼 부드러운 목소리였지만, 어쩐지 위압감이 느껴졌다.
이름이 불린 메이 씨도 감지한 것 같았다.

메이 씨는 신묘한 얼굴로 입을 다물었다.

식사 후에는 딱히 할 일도 없어서 체력 회복을 위해 느긋하게 시간을 보냈다.

주어진 방에서 사절단 사람들에게 받은 시가지의 간단한 지도를 쳐다보았다.

외출할 수 없어도 지도를 보며 이것저것 상상하는 건 즐겁다.

만약 나갈 수 있게 된다면 어디로 가볼까. 그런 생각을 하고 있는데, 카일 전하에게서 소식이 왔다는 연락을 받았다.

연락을 준 사람은 단장님이다.

카일 전하는 텐유 전하 쪽에 가본 모양이다.

슬란타니아 왕국에 유학하러 왔던 관계로 텐유 전하는 여러모로 사절단을 신경 써 주고 있다고 한다.

그래서 자이데라에 온 카일 전하와도 알게 되었다나.

물론 텐유 전하는 어디까지나 외부 사람이다.

사절단을 위한 창구는 따로 있고, 평소에는 그쪽 사람들과 연락을 주고받는다고 한다.

하지만 이번에는 일이 일이니만큼 텐유 전하도 찾아간 듯했다.

"아무래도 제한이 걸린 건 갑작스러운 이야기였던 것 같아. 텐유 전하도 카일 전하에게 그 말을 듣고서야 처음 알았다는군."

"그럼 아직 자세한 건 아무것도 알 수 없다는 거네요."

단장님의 말로는 카일 전하의 이야기를 들은 텐유 전하도 정보를 수집해주기로 했다고 한다.

카일 전하는 텐유 전하가 있는 곳에 남아 있다는 듯했다. 조금 더 정보가 모이면 돌아온다는 이야기였다.

게다가 카일 전하는 저녁까지 돌아올 수 있을지 없을지 알 수 없기 때문에, 먼저 저녁 식사를 하라는 전언도 있었다고 한다.

"엄청나게 폐를 끼친 것 같네요……."

"신경 쓰지 말라고 해도 어려울지 모르지만, 세이가 잘못한 건 아니야."

슬란타니아 왕국에서는 이미 성인이 되었지만, 카일 전하는 아직 10대 후반일 터였다.

그렇게 어린 그가 밤늦게까지 일해야 한다고 생각하니 죄책감이 들었다.

역시 오면 안 되는 거였다고 반성하고 있었더니 단장님이 위로해 주었다.

"맞다, 카일 전하가 말씀하셨던 책도 슬슬 도착할 때가 됐어. 도착하면 바로 가져올게."

"감사합니다."

내 기가 팍 죽어 있어서 그런 걸까.

단장님이 책에 대해 말해주었다.

출국 제한에 관한 정보 수집과 병행해서 책도 모아 준 모양이다.

너무 신경 써도 주위에 걱정을 끼칠 뿐인가.

걱정을 더 끼치는 것도 본의는 아니므로, 기분을 바로 전환시켜서 고맙다고 말했다.

그러고 나서 대화를 나누고 있는데 책이 도착했다.

사절단 사람이 우리에게 책을 가져와 줘서 고맙게 받았다.

도착한 건 식물도감, 약초도감, 독초도감 등등.

포션과 관련된 책도 있어서 가라앉았던 기분이 금방 괜찮아졌다.

그런 내 모습을 보고 단장님이 안도한 건 알아차리지 못했다.

◆◆◆

방에 돌아와서 도착한 책을 훑고 있으니 눈 깜빡할 사이에 저녁을 먹을 시간이 되었다.

전해 들은 대로 카일 전하는 늦게 오는 모양이었다.

식당에 모인 사람은 늘 같이 식사를 하는 여섯 명이다.

원탁에 나란히 놓인 건 저택의 요리사가 솜씨를 발휘한 이 지역 요리였다.

오랜만에 보는 요리도 있는 가운데, 사단장님의 기분을 최고조로 올린 건 다름 아닌 이 요리였다.

"이건!!!"

"대나무잎밥이라고 하더군요."

완전히 기쁨에 찬 얼굴로 소리를 지르는 사단장님을 보며 아까 급사에게 들은 요리 이름을 말해주었다.

찜기 안에 들어 있는, 대나무 잎에 싸여 있는 것.

처음 봤을 때부터 그렇지 않을까 생각했는데, 역시나 그 요리는 내가 상상했던 대로 '대나무잎밥'였다.

바깥쪽에 묶여 있는 끈을 풀고 대나무 잎을 벌리자, 안에서 김이 모락모락 나는 매끈매끈한 갈색 밥이 나타났다.

사단장님이 소리친 것도 쌀의 존재가 눈에 들어왔기 때문이리라.

일본에서는 중화 대나무잎밥이라 불리는 요리 같았다.

군데군데 고기 같은 것도 보였다.

두근거리는 마음으로 한 입 먹어 보자, 상상했던 것과 똑같은 맛이 입안에 퍼졌다.

중화풍 대나무잎밥, 참 좋아했는데.

맛있어서 자연스럽게 입꼬리가 올라갔다.

"본국에서 먹었던 것과는 식감이 다르네요."

"슬란타니아에서 먹은 것과는 다른 종류의 쌀이군요."

슬란타니아 왕국에서 먹었던 쌀과는 달리, 지금 먹고 있는 대나무잎밥의 식감은 쫀득쫀득했다.

아마 슬란타니아 왕국에서 먹었던 건 일본에서 자주 먹는 멥쌀이고, 대나무잎밥에 쓰인 건 찹쌀일 것이다.

사단장님도 식감 차이를 눈치챈 건지, 작은 접시에 나눠 담은 대나무잎밥을 눈높이로 올려 자세히 들여다보고 있었다.

중얼거리는 목소리에 반응을 보이자, 사단장님이 기세 좋게 이쪽을 돌아보았다.

"이 쌀은 무슨 종류인가요?"

"이 요리에 사용된 쌀은 고향에서 찹쌀이라고 부르는 쌀 같아요."

"찹쌀? 그건 찰떡이라는 요리에 쓰이는 게 아니었나요?"

"찰떡에도 쓰이는데, 이런 식으로 요리하는 경우도 있거든요."

"요리 방법이 다르다는 건가요. 그렇군요. 그래서 요리의 이름이 달랐던 거네요……."

쌀에 여러 종류가 있다는 건 사단장님이 쌀 요리에 푹 빠졌을 무렵에 가르쳐주었다.

그때는 힘들었지…….

식물에 관한 지식이 있다고 해도 그 대상은 주로 허브다.

사단장님이 이런저런 질문을 해도 대답할 수 있는 질문이 더 적었다.

쌀의 종류에 관해서도 고시히카리나 사사니시키, 그리고 아키타코마치 정도밖에 기억하지 못한다.

츠야히메, 히토메보레, 유메피리카 같은 이름도 있었던가?

아, 참.

야마다니시키도 있었지.

그밖에도 이것저것 있었던 것 같은데, 제대로 기억하는 건 그 정도다.

그때 찹쌀에 대해서도 같이 가르쳐주었다.

가르쳐주었다고는 해도, 찰떡이라는 요리에 쓰이는 쌀이라고밖에 말하지 않았다.

대단한 정보량은 없었는데도 사단장님은 똑똑히 기억하고 있었던 모양이다.

관심이 있는 것에 관해서는 역시 우수하다.

사단장님 외에도 대나무잎밥에 관심을 보이는 사람이 있었다.

자이데라의 요리를 공부하고 싶다고 했던 메이 씨다.

"쌀 외에는 고기, 당근, 그리고 새우가 들어 있네. 이건 뭐지?"

"아마 죽순 아닐까?"

"죽순?"

"대나무라는 식물의 새순이야."

"와, 처음 알았어요."

"슬란타니아에는 없었던 것 같아."

"자이데라 고유의 식재료라는 건가요?"

메이 씨는 자기 접시에 놓인 대나무잎밥을 풀어서 안에 뭐가 들었는지 확인하고 있었다.

내가 보기에는 돼지고기와 당근과 죽순이 들어있다는 건 알 수 있었다.

새우는 작아서 눈치채지 못했다.

눈치챈 메이 씨는 과연 요리사라고 해야 하나.

다만, 죽순은 모르는 듯 고개를 갸웃거리길래 가르쳐줬다.

이랬는데 사실은 다른 식물이라면 좀 부끄럽겠지.

혹시 모르니까 나중에 급사에게 물어볼까?

틀렸다면 메이 씨에게 미안하니까.

"쌀을 사용했다는 건, 세이 님이 만든 것처럼 재료를 넣고 냄비로 끓여서 만드는 건가요?"

"아마도 아닐 거야. 이 바구니는 요리를 찔 때 쓰거든."

"찐다니요?"

"물을 끓일 때 생기는 김으로 조리하는 걸 찐다고 해."

"와, 그럼 쌀과 재료를 이 이파리? 같은 걸로 싸서 찌는 건가요?"

"글쎄, 어떠려나? 미안해. 거기까지는 자세히 모르거든. 먹어 본 적은 있는데 만들어본 적은 없어서 말이야."

"신경 쓰지 마세요. 저야말로 끈질기게 물어봐서 죄송합니다."

"괜찮아. 나도 어떻게 만드는지 알고 싶으니까 누가 가르쳐주지 않을까?"

"이곳의 요리사에게 물어볼까요?"

"그것도 좋겠네."

대나무잎밥 만드는 방법을 내게 물어봤는데, 유감스럽지만 자세한 요리법은 모른다.

메이 씨가 말한 대로 대나무 잎에 싸서 찜통에서 찐다는 건 알고 있다.

하지만 쌀과 재료를 함께 넣어 밥을 지은 뒤에 싸는지, 아니면 조리하지 않은 채로 싸는지, 그런 앞 단계 공정은 전혀 모른다.

요리 방법을 알게 되면 재료를 입수해서 슬란타니아 왕국에서 만들 수도 있는데…….

대나무잎밥 외의 다른 요리도 포함해서 어떻게 레시피를 알 수 없으려나?

메리 씨나 자라 씨와 그런 이야기를 나누며 식사를 계속했다.

그리고 식사가 끝날 무렵에 카일 전하가 돌아왔다.

사태는 아주 조금 진전을 보인 듯했다.

◆◆◆

카일 전하가 저택에 돌아왔다는 연락을 받고 나와 단장님, 사단장님까지 세 사람은 카일 전하가 있다는 방으로 향했다.

방 앞에 좌우로 경비가 서 있는 양쪽으로 여는 문 앞에 도착하자, 미리 말을 들은 시종이 안에서 문을 열어 들여보내 주었다.

카일 전하가 있는 곳은 안쪽을 향해 있는 거실 같은 곳이었다.

식당과 마찬가지로 이곳에도 자이데라 양식의 가구들이 놓여 있었다.

카일 전하도 옷을 갈아입은 후 간단하게 식사를 끝냈는지, 편안한 분위기로 의자 앞에 서 있었다.

"늦게까지 수고하셨습니다."

"황송합니다. 앉으시지요."

위로의 말을 건네자, 카일 전하가 허를 찔린 것처럼 눈을 동그랗게 떴다.

하지만 금방 마음을 다잡은 듯, 우리에게도 의자에 앉으라고 권했다.

각자 의자에 앉고 나서 시종이 차를 내어 주었다.

볼일이 끝난 시종이 방에서 나가고, 방 안에는 우리 네 사람만 남았다.

미리 사람을 물린 모양이다.

앞에 놓인 건 다들 익숙하게 마시는 허브티였다.

홍차가 아닌 건 밤이기 때문일까?

익숙한 향기에 한숨 돌리고 나자, 카일 전하가 이야기를 꺼냈다.

텐유 전하가 조사한 결과, 뭔가 사건이 있어서 출국이 제한되었다는 사실을 알게 되었다.

우리가 입국한 항구 마을뿐 아니라 근처 마을까지 출국이 제한되어 있다고 했다.

심지어 내일이 되면 제한 범위가 더 넓어질지도 모른다는 이야기도 나온다는 모양이다.

"사건의 세부 내용은 아직 알 수 없나요?"

"그래. 텐유 님도 다 조사하지 못했는지, 자세한 건 비밀로 하라고 위에서 명령이 내려온 게 아니냐는 이야기도 나왔어."

사건이 있었다는 말만 하는 카일 전하에게 사단장님이 물었다.

카일 전하도 의도적으로 잠자코 있었던 건 아니고, 자세한 건 몰라서 말하지 않은 모양이다.

텐유 전하조차 사건의 개요를 알 수 없다는 말을 듣고, 함구령이 내려진 게 아니냐고 추측했다.

"제한 범위가 확대되고 세부 내용은 비밀이라고 하면, 상당히 큰 사건인 모양이군요."

"그래. 확증은 얻을 수 없었지만 새어 나온 이야기에 따르면 도난 사건 같더군."

"도난? 그렇다면 국외로 반출하는 것을 경계해서 제한하고 있다는 뜻일까요."

"국외도 그렇지만 국내 이동도 제한하고 싶은 게 아닐까 싶어."

"그렇군요. 그래서 범위를 확대한다고……."

단장님이 판명된 내용을 기반으로 추측한 내용을 말하자, 카일 전하는 동의하듯 고개를 끄덕였다.

명령이 위에서 내려왔다고는 해도 엄밀한 것은 아니었는지, 소문으로 들려온 정보가 있었던 듯하다.

어느 세계에도 입을 가만히 두지 못하는 사람은 있는 것 같네.

어디서 무엇을 도난당했는지는 잘 모르겠지만, 이 정도로 수사가 크게 이루어지고 있다면 훔친 물건이 상당히 중요한 것인지도 모른다.

국내 이동을 제한하는 건 수사하기 쉽게 하기 위해서인가?

수사해야 하는 범위가 넓어지면 그만큼 노력도 필요해질 테니까.

"무엇을 도난당했는지, 거기까지는 알 수 없나요?"

"예. 그 부분은 다양한 정보가 뒤섞여 있는 것 같습니다."

문득 신경이 쓰여서 도난당한 물건에 관한 정보가 없는지 물어보았다.

카일 전하의 말에 따르면 많은 물건이 후보로 올라와 있는 모양이다.

어떤 물건이 도난당했다고들 하는 걸까?

내 기색을 보고 카일 전하가 보충 설명을 해주었다.

사절단 사람들이 모은 소문에 따르면, 유명한 보석과 이름난 무구 등이 거론되고 있다고 한다.

확실히 널리 이름이 알려진 물건이 도난당했다면 이 정도로 규모가 크게 수사하는 것도 이해할 수 있다.

왜냐하면 그런 물건은 대부분 귀족이 주인이니까.

아마도 경비가 엄중할 저택에서 물건을 훔친 거라면, 되찾지 못했을 때 체면 문제로 번진다.

"그리고 귀중한 약이 도난당했다는 이야기도 있다고 합니다."

"약이라 하면 포션 말인가요?"

"네. 듣자 하니 어떤 병이든 치료해 버리는 물건이라는 이야기가……."

뭘까.

어딘가에서 들어본 적이 있는 것 같은 효능이네.

마지막으로 도난 물품 후보로 거론된 건 기시감이 드는 내용의 물건이었다.

카일 전하의 표정이 미묘하게 변한 걸 보면, 내 상상은 틀리지 않은 듯했다.

슬쩍 옆을 보니 단장님도 미묘한 표정을 짓고 있었다.

역시 그거라고 생각하는 거죠?

"어떤 병이든 치료할 수 있나요? 마치 만병통치약 같군요."
단장님 쪽을 확인하는 사이에 사단장님이 시원하게 그 이름을 입에 올렸다.
응, 나도 그렇지 않을까 싶었어.
카일 전하와 단장님도 똑같은 생각을 했을 터였다.
사단장님의 발언을 듣고 씁쓸한 것을 입에 넣은 것처럼 얼굴을 한층 더 찌푸렸다.
"어쨌든 사건이 있었던 건 틀림없지만, 어떤 사건이었는지는 아직 분명하지 않아."
분위기를 바로잡듯이 카일 전하는 헛기침을 하고 다짐하듯 사실만을 이야기했다.
카일 전하의 말대로 도난 사건이 맞는지 아닌지도, 도난당한 물건이 무엇인지도 아직 분명하지 않다.
텐유 전하도 계속해서 여러 방면으로 조사해 준다고 하니, 출국 제한에 관해서는 속보를 기다리기로 했다.
"그러고 보니 편지 쪽은 뭔가 진전이 있었나요?"
대화가 끊어졌을 때 사단장님이 화제를 돌렸다.
화제로 오른 건 슬란타니아 왕국에 도착한 편지와 관련된 이야기였다.
사단장님의 질문을 받은 카일 전하는 표정 하나 바꾸지 않고 대답했다.
다들 바쁘게 움직이는 동안에도 편지에 관한 수사 역시 진행되고 있었던 듯하다.
결과적으로 알게 된 것은 두 가지다.

일단 편지는 사절단 사람이 보낸 게 아닐 가능성이 크다고 한다.

그렇게 단정할 수 없는 건, 아직 사절단에 소속된 사람 전원에게 확인하지 않았기 때문이다.

그러나 편지 발신인에 이름이 적힌 사람이 보내지 않았다는 건, 본인에게 이미 확인했다고 한다.

그 다음으로 봉랍에 찍힌 인장은 진짜일 가능성이 크다고 한다.

이쪽도 단정할 수 없는 건, 인장 자체의 행방을 알 수 없기 때문이다.

왜 행방을 알 수 없느냐면, 주인── 아까 말한 편지를 보낸 사람(이하 생략)──이 인장을 잃어버렸기 때문이다.

이쪽 세계에서 인장이라는 건 원래 있던 세계의 ID 카드 같은 물건이다.

그런 신분 증명으로도 쓰이는 물건을 잃어버렸다.

심지어 이번에는 누가 보냈는지도 알 수 없는 편지에 이용되고 말았다.

당연히 잃어버린 사람에게 벌이 내려지는 건 말할 것도 없다.

인장 주인도 벌을 받는다는 것을 예상했을 것이다.

분실을 눈치챈 뒤로는 상사에게 보고하지 않고 혼자 몰래 찾고 있었던 듯하다.

그러나 여전히 찾지 못했다고 한다.

"짐작 가는 곳은 다 찾아본 거죠?"

"예. 본인의 진술을 듣고 다른 사람도 수색했지만 발견하지 못했습니다."

다 찾아본 후일 거라고는 생각했지만, 나도 모르게 확인해보았다.

본인 외에 다른 사람이 찾아도 발견할 수 없었다는 건 아마 그런 뜻이겠지.

인장을 써서 편지를 보냈다는 사실에서도 어떠한 가능성이 떠올랐다.

"편지를 위조하기 위해서 인장을 훔쳤을지도 모르겠네요."

"현재로서는 그럴 가능성이 크지."

머릿속에 떠오른 생각을 사단장님이 말했다.

역시 그렇겠지.

카일 전하도 똑같은 생각에 도달한 모양이다.

그는 난감한 표정으로 고개를 끄덕였다.

이건 엄청 곤란한 상황이 벌어질 것만 같네.

출국 제한 탓에 자이데라에서 나갈 수 없고, 편지 탓에 저택에서도 나갈 수 없다.

어느 쪽이 더 빨리 해결될지는 모르겠지만, 당분간 저택에 틀어박혀 있어야만 할 것 같은 분위기가 풍겼다.

그리고 이 상황을 견딜 수 없을 것 같은 사람이 약 한 명.

뭔가 생각에 잠겨 있는 사단장님 쪽으로 시선을 돌렸다.

"편지 쪽만이라도 정리하고 싶네요."

"정리할 수 있으면 좋겠지만, 뭔가 방안이 있나?"

사단장님이 자신의 바람을 말하자, 카일 전하가 관심을 보였다.

그러자 사단장님은 지금까지 생각한 것을 정리하듯 이야기를 시작했다.

"일단은 보낸 사람의 목적을 알아내고 싶군요."

"목적?"

"네. 편지 내용으로 볼 때 목적은 회복 마법을 쓸 수 있는 사람이거나 만병통치약이라고 여겨집니다. 어느 쪽이 목적인지 명확하게 안다면, 다음에 취할 행동을 정할 수 있습니다."

"목적이 분명해지면 대상을 지키기 쉬워지기도 하지."

브런치를 먹을 때도 이야기했던 내용이었다.

다만, 카일 전하는 방어를 중시하고 있는 것 같은데 사단장님은 아니었다.

"하지만 보낸 사람을 알 수 없는데 어떻게 목적을 알아내지?"

"대상이 있는 곳을 나눠서 주위에 수상한 움직임이 생기는지 확인하는 건 어떨까요?"

생각했던 대로 사단장님은 공격을 중시했다.

카일 전하의 질문에 대해 정보가 모이는 것을 기다리는 게 아니라 이쪽에서 먼저 알아내자고 제안한 것이다.

십중팔구 빨리 해결하고 시가지에 나가고 싶기 때문이리라.

오히려 이야기의 흐름으로 볼 때 목적을 알아낸다는 구실로 시가지에 나갈 것만 같았다.

"양쪽에 움직임이 있다 해도 차이로 판단할 수 있을지 모르겠군. 좋은 방안이라고는 생각하는데, 그렇게 되면 하나의 대상에 붙일 수 있는 경호 수가 적어지지 않나?"

"그 부분은 그리 걱정하실 필요가 없을 듯합니다. 수가 적은 건 질로 보완하면 됩니다."

카일 전하의 지당한 의문에 사단장님은 오른손 집게손가락을 척 세우며 설명을 이어나갔다.

만병통치약은 저택에 그대로 두고, 회복 마법을 쓸 수 있는 인물을 저택에서 떼어 놓는다.

저택 경호로는 원래 있던 사람들과 우리와 함께 온 사람을 약간 남긴다.

다만, 회복 마법을 쓸 수 있는 인물에게 붙이는 경호는 실력이 있는 자일 것.

여기서 중요한 건 회복 마법을 쓸 수 있는 사람이라는 게 누구를 말하느냐이다.

회복 마법을 쓸 수 있는 인물 중에 내가 포함되어 있다는 걸 알고 있는 단장님과 카일 전하는 사단장님의 말에 난색을 표하려 했다.

하지만 두 사람보다 빨리 사단장님이 말을 이었다.

"만약 여기서 누군가를 노린다면, 회복 마법을 가장 잘 쓰는 저겠지요."

사단장님의 이야기에 단장님과 카일 전하는 입을 딱 다물었다.

그렇구나.

그런 식으로 나가는 거였어.

외국에 나오는 조건으로 나는 신분을 사칭하고 있다.

그래서 자이데라에【성녀】가 와 있다는 건 공공연하게 알려져 있지 않다.

편지를 받고 자이데라에 온 사람은 궁정 마도사단의 사단장과 만병통치약뿐이다.

남은 사람들은 사단장님의 측근이나 경호원인 것으로 돼 있다.

슬란타니아 왕국 사람들은 내 정체를 알고 있지만, 표면적으로는 그런 설정을 가지고 있다.

그렇지 않아도 사단장님은 슬란타니아 왕국에서 가장 마법에 정통한 것으로 유명하다.

내 정체를 모르는 사람들은 설마 측근 쪽이 고도의 회복 마법을 쓸 수 있을 거라고는 생각하지 않을 것이다.

“드레베스 사단장을 노린다고 해도 혼자서 행동하는 건 허락할 수 없겠지.”

“물론 측근이나 경호원과 함께 행동하겠습니다. 예, 실력 있는 경호원들과요.”

사단장님의 발언이 어디로 귀착되는지 눈치챈 것이리라.

단장님이 쓴소리를 했다.

그러나 사단장님도 나의 경호원이라는 건 잊지 않았던 모양이다.

그는 나와 단장님도 함께 행동하는 것이 전제라는 걸 은연중에 드러냈다.

그 후 이런저런 대화를 계속 나눴지만, 최종적으로 사단장님이 의견을 관철했다.

그리고 이런저런 대책을 세우고 나서 사단장님의 방안을 실행하기로 했다.

제5막

# 수사?

편지를 보낸 사람의 목적을 알아내기 위해 작전을 시행했다.

만병통치약을 저택에 놔두고 우리는 저택 밖의 시가지로 나갔다.

이번 작전의 주연은 사단장님이지만 나도 따라간다.

그래서 일단 안전이 확보되었다.

우선 경호 조정이다.

상대가 움직이기 쉽게 하기 위해서 표면적인 경호원은 단장님 한 명으로 했다.

하지만 주연인 사단장님도 실력이 뛰어난 데다 같이 가줄 자라 씨도 호신술 취미가 있다고 한다.

게다가 몇 명이나 사람이 숨어서 경호해준다고 해서, 생각했던 것 이상으로 잘 갖춰진 태세였다.

다음으로 행선지 조정이다.

행선지는 사절단 사람이 결정했다.

안전하다고 조사가 끝난 가게로, 자이데라에서는 부적 가게라고 불린다.

그리고 사단장님의 바람도 많이 반영되어 있다.

부적 가게는 자이데라에서 '부적'이라고 불리는 물건을 파는 가게이다.

부적은 종이에 특수한 잉크로 무늬를 그린 것인데, 누구든 사용할 수 있다.

또한 부적을 써서 불을 내뿜거나 물을 내보낼 수 있고, 비싼 건 물리 공격력이나 마법 공격력도 올릴 수 있다고 한다.

부적을 기동하려면 부적에 마력을 흘려보내야만 한다.

이 말만 들으면 마력이 부여된 물건과 똑같은 것 같지만, 다른 부분도 있었다.

마력이 부여된 물건과 달리 부적은 한 번 쓰면 다시 쓸 수 없다.

게다가 능력을 높이는 효과는 일정 시간이 지나면 효력이 사라진다고 한다.

이 부분은 마법이나 요리로 능력을 올리는 것과 비슷하다.

마력이 부여된 물건과 비슷한 부적을 보고 마법에 관한 일에는 사족을 못 쓰는 사단장님도 당연히 흥미를 느낀 듯했다.

유학하러 온 텐유 전하에게 부적 이야기를 들은 사단장님은 자이데라에 가면 꼭 실물을 보려고 결심했다고 한다.

이번 일에서 행선지로 부적 가게를 희망한 걸 보면, 보낸 사람의 목적을 캐내는 게 본론이 아니라는 걸 잘 알 수 있다.

참고로 사단장님과 텐유 전하는 텐유 전하가 궁정 마도사단을 시찰하러 왔을 때 알게 되었다고 한다.

텐유 전하가 왕궁에 있는 연구소를 둘러보았다는 건 알고 있었지만, 궁정 마도사단에도 갔을 줄이야.

잘 생각해 보면 궁정 마도사단에는 마법과 관련된 연구를 하는 사람도 있으니까, 거기도 연구소 같은 걸지도 모른다고 납득했다.

"여기군요!"

저택에서 가게까지는 마차를 타고 갔다.

마차에서 내린 사단장님은 굉장히 근사한 미소를 띠고 있었다. 콧노래를 부르며 폴짝폴짝 뛸 것 같은 기세였다.

귀족 교육을 받았으니 실제로 그런 행동을 하지는 않았지만.

조사는 역시 뒷전이구나.

예상했던 것과 같은 전개라 저도 모르게 쓴웃음이 나왔다.

옆으로 시선을 돌리자 자라 씨도 쓴웃음을 짓고 있었다.

내 시선을 느낀 자라 씨가 이쪽을 보았다. 우리는 짠 것처럼 동시에 눈을 가늘게 떴다.

『어서 오십시오.』

사단장님을 선두로 나와 단장님, 그리고 자라 씨 순서로 가게에 들어갔다.

오스카 씨와 메이 씨는 전투를 그리 잘하지 않는다고 해서 따로 행동한다.

오스카 씨는 식재료를 찾으러 갔고, 메이 씨는 저택 요리사에게 자이데라 요리를 배우기 위해서 저택에 남았다.

말을 걸어온 점원에게 사절단 사람에게 받은 편지를 건넸다.

소개장이다.

점원은 건네준 편지의 보낸 사람을 확인하고는 생긋 웃으며 입을 열었다.

"오늘은 어떤 물건을 찾으시나요?"

아무래도 이 점원은 슬란타니아 왕국의 말을 할 수 있는 모양이었다.

자이데라어에서 유창한 슬란타니아어로 바꿔 주었다.

이 가게를 가르쳐준 사람의 말로는, 이곳은 안전할 뿐 아니라 부적에 관해 이것저것 물어보기에도 적합한 가게라고 한다.
제도에서 가장 큰 가게는 아니지만, 취급하는 상품의 종류가 풍부하고 점원의 대응도 좋다고 했다.
대응이 좋다는 이야기에는 슬란타니아어를 쓸 수 있는 점원이 있다는 부분도 포함되어 있었나 보다.
이것저것 묻고 싶은 사단장님에게는 정말 딱 알맞은 가게였다.
"이 가게에서 취급하는 부적을 모두 보여 주겠어? 여기는 다양한 종류가 있다고 지인이 가르쳐주던데."
아무렇지 않게 모든 종류의 부적을 보고 싶다고 사단장님이 말하자, 점원은 공손하게 가게 안쪽에 있는 상담 자리로 우리를 안내해 주었다.
그 후 소개하면서 알게 됐는데, 그는 이 가게의 점장이었던 모양이다.
상담석 한가운데에는 사단장님이 앉았다.
알고 있었다.
예상은 했다.
수사라고는 했지만 여기 오는 걸 엄청나게 기대하고 있었으니까.
한가운데 앉겠지.
이어서 사단장님 왼쪽에 내가 앉고, 오른쪽에 자라 씨가 앉았다.
원래는 둘 다 사단장님 뒤에 서 있어야 한다.
하지만 내 원래 신분도 그러하니 같이 자리에 앉기로 했다.
이 부분은 가게에 오기 전에 미리 정했다.
또한, 단장님은 경호원으로 왔으니 나와 사단장님 사이 뒤쪽에서 있었다.
자리로 안내를 받고 나서 잠시 후, 점장이 다른 점원을 데리고 여러 부적을 가져 왔다.
양을 보면 사단장님이 바란 대로 이 가게에서 취급하는 모든 부적을 가져온 듯했다.
멍하니 있는 사이에 점장은 부적은 사단장님 앞에 차례차례 늘어놓았다.
부적은 장방형의 하얀 종이로 만들어졌다.
색깔은 다르지만, 중국 요괴인 강시의 얼굴에 붙은 부적을 방불케 했다.
크기는 몇 종류나 있었는데 일정한 규격이 있는 것 같았다.
다만, 그려진 모양은 부적에 따라 다르고 사용된 잉크 색깔도 다양했다.
"모양은 다르지만 같은 잉크가 쓰인 것이 있네요."
"네. 왼손에 들고 계신 부적은 물로 된 공을 내보내는 것이고, 오른손에 들고 계신 부적은 비처럼 물을 뿌리는 것입니다."
"그렇군요. 자세히 보니까 모양도 일부분은 똑같은 것 같네요."
사단장님은 부적을 손에 들고 차례차례 질문을 던졌다.
설명을 들으면서 머릿속으로 이런저런 생각을 하고 있을 것이다.
때때로 혼자 납득한 듯 고개를 끄덕였다.
수사 쪽은 괜찮나?
신경이 쓰였지만 이런 상태인 사단장님을 말릴 수 있을 것 같지는 않았다.
현재로서는 단장님이 아무 말도 하지 않으니 딱히 위험은 없을

것이다.
그렇다면 모처럼의 기회이니 나도 자세히 볼까?
그렇게 생각하며 눈앞에 펼쳐 놓은 부적으로 시선을 돌렸다.
무늬를 그릴 때 특수한 잉크를 쓴다고 들었는데, 잉크라기보다는 먹이라고 하는 편이 조금 더 와닿는 느낌이었다.
또한, 크기뿐 아니라 무늬의 세부적인 정도도 일정한 규격이 있는 것 같았다.
조금 신경이 쓰여서 늘어놓은 것 중에 자잘한 무늬인 것을 자세히 들여다보자, 내 모습을 눈치챈 점원이 내가 보고 있던 부적을 건네주었다.
점원의 설명에 따르면, 이 부적은 물리 방어력을 올리는 것인 모양이다.
지원 계열 부적은 거의 다 비싸다고 들었는데, 그리기 힘든 것처럼 보이는 것도 그 이유 중 하나일지도 모른다.
『부적의 크기는 정해져 있나요?』
『딱히 정해져 있지는 않지만, 저희 가게에서는 쓰기 쉬운 크기로 통일하고 있습니다.』
점원이 슬란타니아어를 말할 수 있을지 알 수 없어서, 자이데라어를 의식하며 말해보았다.
그러자 점원도 자이데라어로 대답해 주었다.
의식하기만 해도 다양한 나라의 말을 쓸 수 있다니 편리하다.
정말 고마운 일이다.
점장도 그렇지만, 이 점원도 무척 친절하다.
신경이 쓰여서 무척 기본적인 걸 물어보았는데, 점원은 싫은 기색을 보이지 않고 가르쳐 주었다.
기분이 좋아져서 다른 것도 이것저것 물어보았다.
부적은 종이와 특수한 잉크를 사용해서 만들어진다고 들었는데, 정말 그 말 그대로였다.
종이는 아무 특징 없는 것이지만, 잉크는 부적을 그리기 위한 특별한 물건이라고 한다.
종이와 잉크는 다른 공방에서 들여오는데, 부적을 그리는 건 이 가게가 보유한 직인이다.
부적에 그려진 무늬는 상당히 복잡했는데, 이 무늬는 붓으로 그린다.
정해진 크기의 종이에 붓으로 자잘한 무늬를 그리기 위한 기술이 필요하다고 했다.
효과에 따라 그리는 무늬도 달라지므로 포션 레시피를 기억하는 것보다 힘들지도 모른다.
중급 이상 되는 랭크의 포션을 만들려면 제약 스킬이 필요한데, 부적에도 그런 관련 스킬이 있나?
신경이 쓰여서 물어보자 유감스럽게도 '알 수 없다'라는 대답이 돌아왔다.
알 수 없다고 대답한 걸 보면, 간단한 것 정도는 나도 만들 수 있을지 모르겠다.
시험 삼아 부적 무늬가 소개된 책이 있는지 물어보자, 간단한 종류가 소개된 책이 있다고 했다.
지난번에 받은 책 중에서는 부적에 관해 적혀 있는 건 없었다.
저택에 돌아가서 손에 넣을 수 없을지 물어볼까?

그렇게 점원에게 이런저런 이야기를 듣고 있는 사이에 사단장님과 점장의 대화가 끝난 모양이다.

생각했던 것보다 짧은 시간 안에 대화가 끝난 건 저택에 돌아가서 부적을 조사하기 위함이리라.

그 증거로 사단장님은 부적 일식을 사기로 한 듯했다.

점장은 무척 보기 좋은 미소를 짓고 있었다.

모든 종류의 부적이라는 건 아까 점장이 가져온 것과 똑같은 양이지?

들고 간다고 해도 상당히 짐이 될 것 같다.

어라? 조사에 쓰기 위해 여러 장 산 것도 있어?

종이와 잉크도?

잉크도 마찬가지로 여러 종류가 있지 않나?

타고 온 마차에 짐을 다 실을 수 있을까 걱정하고 있는데, 점장이 고마운 제안을 했다.

사단장님이 산 물건을 저택에 배달해 준다고 말이다.

오늘 안에 배달해 준다고 하니, 빨리 그것을 조사해 보고 싶은 듯한 사단장님도 이견이 없는 것 같았다.

후한 서비스에 감사하며 우리는 만족스럽게 가게에서 나왔다.

한숨 돌렸을 때, 조사에 대해 떠올랐다.

그러고 보니 어떻게 됐을까?

마차에 타고 나서 이야기를 들어봤더니, 제대로 된 대답이 돌아왔다.

"몇 명의 시선은 느꼈는데, 딱히 적의가 느껴지지는 않았습니다. 호크 단장은 뭔가 눈치채셨나요?"

"이쪽을 관찰하는 사람은 몇 명 있었지. 그밖에 이상한 움직임을 보이는 사람은 없었어."

이래 봬도 사단장님은 제대로 일하고 있었던 모양이다.

단장님은 말할 필요도 없고.

그리고 자라 씨도 주위에 주의를 기울이고 있었던 것 같다.

"주목을 모은 건 드레베스 님, 호크 님, 저까지 세 명이네요. 신기한 옷차림이라 그랬을지도 모릅니다. 세이 님을 주시하는 사람은 보이지 않았습니다."

자라 씨의 말대로 자이데라에는 흑색이나 갈색 머리인 사람이 많고, 눈 색깔도 똑같다.

나에게는 익숙한 모습의 사람들뿐이었는데, 그들이 보기에도 그랬을 것이다.

"세이는 뭔가 눈치챈 거 없어?"

"죄송해요, 딱히……."

전혀 신경을 쓰지 않았던 건 아니지만, 다른 사람의 시선에 그다지 민감하지 않은 나는 알아챈 게 없었다.

나 혼자만 일을 안 한 것 같아서 마음이 조금 불편했다.

결국 수상한 움직임은 없었다는 결론을 내렸고, 그 뒤로도 아무 일 없이 저택에 무사히 돌아갈 수 있었다.

◆◆◆

주어진 방에서 책상에 앉아 오늘 들은 부적에 대한 걸 종이에 적었다.

잊어버리기 전에 정리하는 게 좋을 것 같아서 기억나는 이야기를 다 적고 있는데, 방 바깥에서 누군가가 말을 걸었다.

같이 방에 있던 자라 씨가 응대하러 갔다.

돌아온 자라 씨는 저녁 식사 준비가 끝났다고 전해 주었다.

벌써 시간이 그렇게 됐나.

어느새 상당히 시간이 흐른 모양이다.

어깨를 주무르며 자리에서 일어난 나는 자라 씨와 함께 식당으로 향했다.

식당에는 단장님과 사단장님, 그리고 카일 전하도 있었다.

입구에서 자라 씨와 헤어져 나만 안으로 들어갔다.

자라 씨는 오스카 씨와 메이 씨와 함께 별실에서 먹는다고 한다.

단장님이 당겨준 의자에 앉자, 다들 착석한 걸 신호로 식사가 운반되었다.

오늘은 슬란타니아 왕국 요리인 모양이다.

요새는 중화요리 같은 게 쭉 이어졌으니까, 기분도 전환되고 좀 기쁘다.

식사하면서 오늘 갔던 부적 가게에 대해 이야기했다.

카일 전하도 가본 적이 있는 모양이었다. 열심히 이야기하는 사단장님에게 알맞게 맞장구를 쳤다.

식사하는 동안에는 시종일관 그런 가벼운 화제로 대화했다.

본론으로 들어간 건, 식후에 마실 차가 제공된 이후다.

"그럼 그쪽은 아무런 문제도 없었던 거군요."

"예. 감시원이 붙어 있던 것 정도입니다."

오늘 외출해서 있었던 일을 단장님이 대표로 보고했다.

저택을 나서서 돌아오기까지 우리는 감시를 받은 듯했다.

마차 안에서 이야기했던, 사단장님을 비롯해 다른 사람들이 느낀 시선이라는 건 바로 그것이었던 모양이다.

감시원이 붙어 있는 것만으로도 수상쩍다고 생각하지만, 단장님 쪽의 감각으로 보면 그렇지도 않은 듯하다.

카일 전하의 말에 따르면, 자이데라에 온 이후로 사절단도 줄곧 감시를 받고 있다고 하니, 외국인을 감시하는 건 일반적인 장치일지도 모른다.

똑같이 취급하기엔 문제가 있을 것 같지만, 텐유 전하가 슬란타니아 왕국에 왔을 때도 감시는 붙어 있었으니까.

"감시는 주로 세이 님이 아니라 다른 사람을 주목하고 있던 것 같습니다."

"세이 님이 아니라 다른 사람? 왜지?"

"같이 간 사람의 말에 따르면, 세이 님의 외모가 자이데라 사람들의 외모와 가깝기 때문이 아닐까 하고."

"흠……. 현지 사람으로 착각했나?"

"그럴 가능성은 있습니다."

자라 씨가 눈치챈 점에 관해서도 보고했다.

내가 이목을 끌지 않은 건 외모가 현지 사람 사이에 파묻혀 있기 때문이라는 설이 유력하다.

이유를 듣고 카일 전하도 어쩐지 상상이 가는 모양이었다.

"여기서는 뭔가 움직임이 있었습니까?"

"그래. 감시와는 별개로 안쪽의 상태를 조사하려는 자가 있었다더군."

응? 이건 수상쩍은 이야기인 건가?
카일 전하가 아무렇지 않게 이야기하는 걸 보면 긴급 사태는 아닌 것 같지만.
의아한 표정을 짓고 있었던 탓인지, 카일 전하가 내 쪽을 보며 보충 설명을 했다.
조사하려 했다고는 해도, 잠깐 이야기를 들으러 온 사람이 있었다는 정도인 듯하다.
평소에 출입하는 상회 사람인 척 저택에서 일하는 사람에게서 이야기를 끌어내려는 사람이 있었다고 한다.
끌어내려고 한 이야기는 당연히 우리에 대한 것이다.
하지만 특정 인물이나 만병통치약에 관해 물어보러 온 것은 아니었다고 한다.
사람이 새로 더 늘어난 것 같다느니 어떤 사람이냐는 등, 그런 잡담 같은 질문이었다.
그리고 이 정도는 일상다반사라고 한다.
그런 고로 오늘은 수확이 딱히 없었다.
뭐, 이런 일은 하루 만에 성과가 나오는 경우는 드무니까, 당분간 상황을 지켜보자고 하며 보고를 끝냈다.

그로부터 며칠 동안은 변함없는 날들이 이어졌다.
출국 제한은 여전히 이어지고 있어서 절차도 멈춘 상태다.
당초에 들었던 대로 제한 대상 지역은 더욱 넓어졌다.
그사이에 제한을 두게 된 이유도 판명되었다.
계속해서 정보를 수집해주던 텐유 전하가 카일 전하에게 연락했다고 한다.
원인은 역시 도난 사건이었다.
제한이 풀리지 않았다는 건, 여전히 도난당한 물건을 못 찾았다는 뜻이리라.
편지를 보낸 사람에 대해서도 그럴싸한 정보는 얻지 못했다.
사절단 주변에도 평소처럼 감시가 붙어 있을 뿐이다.
결국 그 편지는 어떤 의도로 보낸 걸까?
아무것도 없는 날이 이어지는 가운데, 다시 신경이 쓰이기 시작한 참에 사단장님이 움직였다.
"슬슬 다시 정보를 수집하러 움직여 보지 않겠어요?"
아침 식사 자리에서 사단장님이 갑자기 선언했다.
사단장님과 얼굴을 마주한 건 며칠 만이다.
요사이 모습을 보지 못한 건, 사단장님이 방에 틀어박혀 있었기 때문이다.
부적 가게에서 구입한 대량의 부적과 잉크를 조사한 듯, 그는 방에서 나오지 않았다.
묘하게 색기가 더 늘어난 것처럼 보이는데, 이유가 뭘까?
약간 퇴폐적인 분위기가 풍겨서 그런가?
자세히 보니 눈 밑에 연하게 다크 서클이 생겼다.
그러고 보니, 요 며칠 사단장님 방에는 밤새 불이 켜져 있다고 누군가가 말했다.
그렇구나. 잠이 부족한가 보네.
"움직인다는 건?"
"지난번과 마찬가지로 밖에 나가서 주위가 어떻게 움직이는지 확인하려고요. 상대의 움직임도 없으니까요."

사단장님 말대로 편지와 관련된 추가 정보는 얻지 못했다.

사절단 사람들이 노력해도 정보를 얻지 못하는 상황이니, 고위 귀족이 관련되어 있을 것 같다고 추측했을 정도다.

우리가 그다지 밖에 나가지 않는 것도 상관이 있을지 모른다.

상대도 우리의 정보를 얻으려고 하지만, 틈이 없어서 그러지 못하는 느낌이었다. 그래서 교착 상태에 빠진 건지도 모른다.

지난번에 잡담을 나누었을 때 오스카 씨가 그런 말을 했다.

사단장님도 오스카 씨와 똑같은 생각을 했는지도 모른다.

그래서 움직이자는 말을 꺼냈다고 생각한다.

물론 이유는 그것뿐만은 아니라고도 생각하지만.

"외출이라는 건, 또 부적 가게인가요?"

"이번에는 부적에 사용하는 잉크를 만드는 곳에 가려고 합니다."

오스카 씨가 빵을 쪼개면서 행선지를 물었다.

부적 가게를 선택한 걸 보면, 오스카 씨도 사단장님에 대해 잘 알고 있다.

다만 돌아온 대답은 예상 밖이었다.

사단장님의 대답을 듣고 저도 모르게 긁어 부스럼이었다는 표정을 지었다.

그건 그렇고 이번에는 부적 가게에 안 가는 모양이다.

왜 지난번과 다른 곳에 가는 걸까?

대충 상상은 갔지만 시험 삼아 물어보았다.

표면적인 대답이 돌아올 줄 알았더니 본심이 돌아왔다.

요 며칠 방에 틀어박혀 있던 건 역시 부적에 관해 조사하기 위해서였다고 한다.

조사 과정에서 부적에 쓰인 잉크 원료와 마력 부여에 쓰이는 핵 중에 같은 물건이 있다는 걸 깨달았단다.

"같은 물건이라는 건, 잉크의 원료는 광물인가요?"

"예. 그 외에 다른 것도 포함된 것 같지만요."

"광물 외에 다른 것이란 무엇인가요?"

"그 외에는 아교가 주된 원료인 것 같았어요. 그밖에 다른 것도 있지만, 어떤 물건인지 읽어낼 수가 없어서요."

"그래서 잉크를 보러 가고 싶은 건가요?"

"네. 잉크를 만드는 공방에 가면 어떤 게 사용되는지 알 수 있잖아요?"

"그건 그렇지만……."

사단장님의 말대로 공방에 가면 어떤 원료를 쓰고 있는지 알 수 있을 것이다.

하지만 관계자가 아닌데 가르쳐줄까?

그런 건 비밀로 하고 있을 것 같은데…….

이런저런 생각이 들었지만 사단장님의 말에도 일리는 있다.

편지를 보낸 사람의 목적을 알 수 없는 상태로 방치하는 게 문제라는 건 단장님과 카일 전하도 인정하는 부분이다.

이대로 쓸데없이 시간을 소모하는 건 아깝다는 것도 이해할 수 있다.

나도 출국 제한이 언제 해결될지 모르는 상황에서 목적도 알지 못한 채 지내는 건 불안하다.

게다가 사단장님 정도는 아닐 것 같지만, 나도 막연히 시간을 소모하는 건 아깝다고 생각하는 쪽이다.

그래서 문득 움직이고 싶어하는 마음이 이해가 됐다.

각자의 의견이 있었던 것 같지만, 의논한 결과 이번에도 사단장님의 방안이 채택되었다.

그리고 지난번과 마찬가지로 안전을 확보해서 잉크 공방에 가기로 했다.

◆◆◆

사단장님이 제안을 하고 나서 일주일 후, 잉크 공방으로 향했다.

일주일이라는 단기간에 안전 확보 조사가 끝난 건, 의욕이 넘치는 사단장님이 마법이 부여된 물건을 사절단 사람들에게 제공했기 때문이다.

사단장님이 직접 제작해서 효과는 보장되어 있다.

텐유 전하가 슬란타니아 왕국에 왔을 때 만든 것으로, 인식 방해 마법을 한층 더 강화한 물건도 만들었다고 한다.

그때는 레이스 사이로 보이는 머리카락 색깔이나 외모를 인식하기 어렵게 하려는 개념을 전해줬을 뿐, 냄새나 발소리를 없애는 등의 응용 기술은 전해주지 않았는데…….

이야기를 듣고 무척 위험한 개념을 사단장님에게 가르쳐준 게 아닐까 조금 후회했다.

조사를 효율적으로 진행해 주기 바란다는 그런 유창한 압력을 사절단 사람들도 감지했을 것이다.

조사는 상당히 빠른 속도로 진행되었다.

행선지가 정해졌음을 알려주러 온 사람이 예전보다 찌든 것처럼 보이는 건 아마 착각이 아니리라.

잉크 공방까지는 평소처럼 마차로 갔다.

마차 창문에 걸린 가리개를 조금 치우고 바깥을 바라보자, 질서정연한 마을 모습이 서서히 잡다하게 바뀌기 시작했다.

공방이 있는 곳은 사절단 저택 주위나 부적 가게가 있는 곳보다 서민적인 곳이었다.

소위 서민 마을이라는 곳이다.

저택이나 부적 가게 주변의 길은 마차가 지나갈 수 있을 만큼 넓었지만, 공방에 가까이 갈수록 서서히 좁아졌다.

사절단 사람의 말로는, 공방 앞에 난 길은 작은 마차가 한 대 지나갈 수 있을 정도의 폭밖에 없다고 했다.

타고 온 마차는 도저히 들어갈 수 없어서 갈 수 있는 곳까지는 마차를 탔고, 도중부터는 걸어갔다.

공방은 폭이 좁고 안쪽으로 길쭉하게 들어간 2층 건물이었는데, 주위에는 똑같은 건물이 꽉 들어차 있었다.

미리 언질을 줘서 그런지, 공방의 장인과 제자들이 현관 밖에서 기다리고 있었다.

『안녕하세요, 연락했던 슬란타니아 왕국 사람입니다.』

『어서 오십시오.』

부적 가게 때와는 달리 공방에는 슬란타니아어를 쓸 수 있는 사람이 없어서 내가 통역하기로 했다.

측근으로서는 처음으로 제대로 된 일을 하게 되었다.

장인은 흰머리가 섞인 검은 머리에 눈동자는 갈색이고, 키는 작지만 탄탄한 체형의 아저씨였다.
내가 대표로 인사하자 일단 환영의 말로 대답해 주었다.
하지만 태도는 그렇지 않았다.
어쩐지 귀찮다는 분위기가 풍겼다.
뭐, 갑작스러운 이야기였던 데다 손님인 것도 아니니까, 이런 태도로 나와도 어쩔 수 없다.
제자들 쪽은 다들 사단장님의 얼굴을 뚫어져라 쳐다보고 있었다.
나라가 달라져도 사단장님의 얼굴은 힘을 발휘하는 모양이다.
뺨을 붉히는 사람도 있었는데, 그 젊은이의 미래가 조금 걱정되었다.
잉크 재료나 만드는 장면을 보고 싶다는 이쪽의 요청은 미리 전달해둔 모양이다.
공방 사람들은 인사가 끝나자 곧바로 공방 안으로 들어가서 이것저것 보여 주었다.
『이게 재료입니다.』
"이게 재료라고 합니다."
"여러 가지가 있군요."
장인의 설명을 다른 사람들에게 통역해 주었다.
아무리 그래도 동시통역은 불가능하니까 시간이 조금 걸렸다.
하지만 이쪽 사정을 고려해 준 건지, 장인은 재촉하지는 않았다.
무척 고마운 일이다.
장인이 가리킨 선반 위에는 도기로 만든 병이 늘어서 있었다.
뚜껑을 열어 안을 들여다보니 가지각색의 분말이 들어 있었다.
분말은 광물을 잘게 부순 것이라고 했다.

장인이 열거하는 광물 이름 중에는 들어본 적 있는 것도 있었다.
사단장님도 꽤 낯익은 게 많은지, 이름을 말할 때마다 고개를 끄덕였다.
이어서 아교와 향료를 보여 주었다.
아교는 동물의 가죽 등을 물로 삶은 액체를 말려서 굳힌 것인데, 접착제로 쓰이는 경우가 많다.
향료는 아교 냄새를 없애기 위해 넣는다고 한다.
아교는 종이에 광물 분말을 고정하기 위해 넣는 건가?
그 부분에 대해 설명해 주지는 않아서 알 수 없었다.
재료 소개가 끝나자 다음으로 만드는 법을 설명하기 시작했다.
만드는 법은 몇몇 공정으로 나누어지는데, 제자들이 분담해서 작업을 맡았다.
공정은 아교 용해부터 시작된다.
굳어 있는 아교를 중탕으로 녹인다.
제자 중 하나가 화덕 앞에서 커다란 냄비 안에 아교를 넣은 냄비를 띄워놓고 녹이고 있었다.
다음 공정은 재료 혼합이다.
녹인 아교 속에 광물 가루와 물을 넣어서 섞는다.
잘 섞은 뒤에 냄새를 없애는 향료를 추가해서 더 섞는다.
여기까지 진행하니 재료가 떡처럼 뭉쳤다.
세 번째 공정은 가장 중요한 공정이라고 한다.
여기서는 두 번째 공정에서 완성된 떡을 계속 반죽한다.
한 시간 정도는 반죽한다고 한다.
반죽이 다 됐는지 어떤지는 오랜 세월의 감으로 판단하는 모양이었다.

그래서 제자들 중에서도 연장자가 담당하고 있는 거구나.

작업하는 사람을 보고 납득했다.

마지막 공정은 성형이다.

완성된 반죽을 작게 나누어 나무 틀에 넣고 성형한다.

성형한 물건을 건조하고 광을 내는 등등을 하면 완성이다.

『이게 완성된 겁니다.』

"이게 완성된 거래요……."

"잉크라고 들었는데, 이건……."

장인이 보여 준 건 손바닥 크기의 네모난 고형 물건이었다.

잉크라고 했는데 이건 아무리 봐도 먹으로 보일 뿐이었다.

검은색뿐 아니라 빨간색이나 파란색도 있는데.

사단장님도 의표를 찔린 모양이다.

눈을 동그랗게 뜨고 사각형 물체를 응시하고 있었다.

『저, 이건 먹인가요?』

『먹이 아니면 뭐로 보이는데?』

『아뇨. 잉크라고 들어서 조금 놀랐거든요…….』

『잉크라고 하면, 외국 먹 말인가? 그건 액체니까 그렇겠네.』

신경이 쓰여서 물어보니 완성된 물건은 틀림없이 먹인 듯했다.

장인의 인식으로는 잉크는 외국의 먹이라고 하니, 텐유 전하가 사단장님에게 설명했을 때도 잉크라고 번역한 것이리라.

그렇다면 사용할 때는 서예를 할 때처럼 벼루에 물을 넣어서 가는 건가?

장인에게 물어보자 의아한 얼굴을 하면서도 그 말이 맞다고 고개를 끄덕였다.

장인과의 대화를 지켜보던 다른 사람들에게도 사용 방법을 알려 주니 납득하기도 하고 감탄하기도 하는 반응이 돌아왔다.

한바탕 설명이 끝나자, 질문 시간이 시작되었다.

사단장님은 물 만난 고기처럼 장인에게 다양한 질문을 쏟아냈다.

처음에는 무뚝뚝했던 장인도 질문 내용이 전문적이게 될수록 처음이 거짓말이었던 것처럼 생기 있게 대답해 주었다.

옛날에도 이런 느낌을 받은 적이 있다…….

클라우스너령에 있는 제약 스승의 얼굴이 살짝 뇌리를 스쳤다.

엄청난 기세로 이루어지는 대화를 필사적으로 통역하는데, 어느새 사단장님이 팔을 걷어 올렸다.

통역에 신경이 팔려서 정작 중요한 내용은 머릿속에 거의 남아 있지 않았다.

어? 뭐야?

뭘 시작하는 거지?

분명 먹을 갈고 싶다고 했던가?

바로 직전에 있었던 대화의 단편을 떠올리는 사이, 장인과 사단장님은 세 번째 공정에 있었던 떡 덩어리를 반죽하는 작업장으로 이동했다.

황급히 따라가자, 장인이 한 손으로 들 만한 양의 철단색 덩어리를 자신과 사단장님 앞에 있는 대 위에 올렸다.

그리고 설명을 하면서 자신의 앞에 놓인 덩어리를 반죽하기 시작했다.

장인의 작업을 보고 사단장님도 나눠준 덩어리에 손을 뻗어 반죽하기 시작했다.

『반죽하면서 먹에 마력을 부여하는 거지.』

"그렇군요. 여기서 마력을 부여하는군요. ……흠. 순수한 불 속성 마력을 부여합니까?"

『오! 자네는 소질이 있군.』

아까는 반죽한다는 말밖에 하지 않았는데 마력을 부여하는구나.

사단장님의 풍부한 지식이 장인의 완고한 마음을 풀어준 건지, 장인은 아까보다 자세히 설명해주었다.

사단장님은 설명이 없는데도 보기만 해도 이해한 모양이다.

통역을 통하지 않고 보고 그대로 따라서 반죽하는데, 그 모습을 본 장인이 웃는 얼굴로 칭찬했다.

장인의 이야기에 따르면 이 공정을 처음부터 잘할 수 있는 사람은 거의 없다고 한다.

뭐, 사단장님은 마력을 부여하는 게 특기다.

부여할 때 필요할 것 같은 마력 조작 기량은 국내에서 제일가는 실력일 테니까.

『슬슬 됐어.』

"완성이네요."

장인의 말과 동시에 사단장님도 작업이 끝났다고 선언했다.

반죽이 끝난 먹을 앞에 두고 장인과 사단장님은 보기 좋게 미소 지었다.

회심의 완성도일 것이다.

사단장님이 반죽한 먹을 보고 장인은 만족스럽다는 듯이 고개를 끄덕였다.

『조금 자세히 들여다봐도 괜찮을까요?』

『자세히? 딱히 상관은 없는데…….』

자기가 반죽한 먹을 손에 들고 요리조리 꼼꼼하게 뜯어보던 사단장님이 자세히 보고 싶다고 말했다.

사단장님의 말을 통역해서 장인의 허가를 구하자, 장인은 의아한 얼굴로 허락해주었다.

허가가 떨어졌다는 이야기를 듣고 사단장님은 먹에 감정 마법을 걸었다.

“『감정』.”

『뭐라고?』

사단장님이 자세히 들여다본다고 말한 시점에서 우리는 예상했지만, 장인은 예상하지 못한 일이었던 듯하다.

마법이 발동하는 걸 보고 소리를 지르며 놀랐다.

장인은 감정 마법을 본 적이 없는 건지, 설명을 듣고 한층 더 놀랐다.

너무 놀라길래 의아해서 물어보자 의외의 사실을 알게 되었다.

슬란타니아 왕국에서도 감정 마법을 쓸 수 있는 사람은 적었지만, 자이데라에는 더 적은 모양이다.

장인의 말에 따르면, 자이데라 사람들 중에서 감정 마법을 쓸 수 있는 사람은 황제가 사는 궁전에만 있다고 한다.

그 정도인가?!

“우리나라에서도 큰 상회에는 쓸 수 있는 사람이 있다고 들었는데…….”

“그렇게 적다면 황궁에 몰수되지 않기 위해 존재를 숨기고 있을

지도 모르겠네요."

"그래. 그런 일도 있겠군."

감정 마법을 쓸 수 있는 사람의 이야기는 단장님도 의외였던 듯하다.

다만, 자라 씨가 설명했듯 숨겨져 있을 가능성이 있다.

비슷한 이야기로는, 슬란타니아 왕국에서도 상회에 소속된 우수한 약사는 숨겨져 있는 경우가 많다고 하니까.

반면, 깜짝 놀라는 우리 옆에서 사단장님은 놀란 기색을 보이지 않았다.

장인의 이야기를 듣고 납득한 것처럼 고개를 끄덕였다.

우리가 눈치채지 못한 무언가를 눈치챘는지도 모른다.

처음 보는 감정 마법에 흥분한 기색을 보이는 장인의 부탁을 받아 사단장님이 공방에 있는 재료에 감정 마법을 엄청 걸어야 하는 순간이 있기는 했지만, 그 후로도 아무 일 없이 시간은 흘러갔다.

그러고 나서 사단장님이 만족한 후에야 우리는 공방을 떠났다.

◆◆◆

잉크, 즉 먹 공방에 다녀온 날 밤.

부적 가게에 갔을 때와 마찬가지로 보고회가 열렸다.

무슨 보고회냐고?

물론 편지를 보낸 사람의 목적과 이어지는 움직임이 있었는지에 관한 보고회다.

언제나 그랬듯이.

유감스럽게도 기대했던 움직임은 찾아볼 수 없었다.

교착 상태를 타개하기 위해 다시 저택 밖으로 나가 봤지만 수확은 없었다.

있었던 건 원래부터 있던 감시의 눈빛뿐.

왜 움직임이 없는 걸까?

혹시 애초에 우리에게 붙여 놓았던 감시자 속에 편지를 보낸 사람이 있다거나?

보기만 할 뿐 다른 움직임이 없다는 건 상대도 필요한 정보를 얻지 못했다는 뜻일까?

요컨대 아직도 움직일 때가 아니라는 걸까?

신경 쓰이는 일은 늘어만 가고 해결에 도달할 길은 아직 보이지 않았다.

출국 제한도 여전히 이어지고 있는 가운데, 편지와 관련된 상황도 달라지지 않았다.

매번 외출을 제안하던 사단장님도 새로운 장난감——먹의 재료——을 손에 넣었기 때문인지 방에 틀어박혀 나오지 않는다.

이렇게 됐으니 나도 억지로 외출하지 않고 방에 틀어박혔다.

그렇게 방에서 책을 읽으며 생활하고 있는데, 사단장님이 나를 불렀다.

뭔가 도와줬으면 하는 일이 있다고 했다.

내용은 알려주지 않았는데, 뭘 도와달라는 걸까?

같이 따라온 자라 씨와 함께 고개를 갸웃하며 지정된 방으로 향했다.

방에 들어가자 처음 눈에 들어온 건 대량의 짐이었다.

책이나 대량의 종이 뭉치, 뭐가 들어 있는지 알 수 없는 나무 상자 등 수많은 물건이 놓여 있었다.

특이한 건 방 중앙에 놓인 커다란 테이블 위에 나열된 물건들이었다.

테이블 중앙에서 오른쪽에는 갖가지 색깔의 분말이 든 작은 병, 액체가 든 병, 물에 담긴 아교와 물병, 그리고 크고 작은 냄비가 놓여 있었다.

냄비 옆에 놓인 상자는 뭘까?

삼발이 같은 물건이 달린 걸 보면 풍로인가?

상자는 그렇다 치고 다른 물건은 지난번에 갔던 공방에 놓여 있었던 물건과 똑같다.

"불러내서 죄송합니다."

"아뇨, 상관없어요. 방에서 책을 읽고 있었을 뿐이니까요."

테이블 위에 놓인 물건에 시선을 빼앗겼을 때, 사단장님이 말을 걸었다.

눈을 돌려 사단장님 쪽을 보자, 그가 고운 미소를 지으며 맞이해 주었다.

지난번에 틀어박혀 있던 방에서 나왔을 때보다는 건강해 보였다.

뭐니 뭐니 해도 눈 밑에 다크 서클이 없었다.

약간 피곤한 기색이 느껴졌지만 미모에 그림자가 지지는 않았다.

"도움이 필요하다고 들었는데, 무엇을 도와드리면 될까요?"

"실험을 할 테니, 보조를 맡아주셨으면 합니다."

"실험?"

"예. 부적을 만들어보려고요."

아무래도 사단장님은 직접 부적을 만들어보고 싶은 모양이다.

돕는 건 상관없지만, 뭘 도우면 되지?

의문스럽게 생각한 것에 대해 물어보니 사단장님이 잉크를 대량으로 소비할지도 모르기 때문에 잉크를 만들어 달라고 했다.

사단장님은 부적 만들기에 집중하고 싶다고 말했다.

잉크 만들기라는 말을 듣자 시선이 저절로 테이블 위를 향했다.

그곳에 놓여 있는 건 공방에서 본 먹 재료였다.

공방에서 설명을 들은 사단장님도 먹과 잉크의 차이는 알고 있을 것이다.

그런데 아까부터 줄곧 잉크라고 말하는 이유가 뭘까?

헷갈리는 건 아니겠지?

"잉크요? 먹이 아니라?"

"네. 잉크를 만들어주셨으면 합니다."

신경이 쓰여서 물어보자 만드는 건 잉크가 맞는다고 했다.

무슨 뜻인지 더 물어봤더니, 사단장님이 요 며칠 동안의 연구 성과를 들려주었다.

먹을 만들 때 가장 중요한 공정은 재료 덩어리를 반죽하면서 마력을 부여하는 것인데, 가장 중요한 재료는 광물 분말이라고 한다.

그 광물에 부여된 마력과 부적에 그려진 모양이 세트를 이루어서 마법을 부여한 핵과 똑같은 효과를 발휘한다나.

아교는 종이에 광물을 붙이기 위해 쓰일 뿐이라고 한다.

사단장님은 이런 점들을 고려해서 먹이 고체일 필요는 없다고 생각했다.

먹은 보존하기 쉽게 하기 위해서인지 한 번 건조해서 굳힌다.

그래서 사용할 때는 물을 더해 벼루에 갈아야 한다.
하지만 금방 쓴다면 고체로 만들 필요는 없지 않을까?
그 점에 주목한 사단장님은 고체가 아닌 먹, 소위 먹 잉크를 직접 만들어서 시험해 보았다.
결과적으로 먹 잉크라고 해도 별 문제없이 부적을 만들 수 있었다고 한다.
"그래서 먹이 아니라 잉크라고 부르셨던 거군요."
"예. 만드는 건 액체니까요."
사단장님은 고체는 먹, 액체는 잉크로 기억한 모양이다.
먹물이 아닐까 생각했지만, 지금은 호칭에 집착할 필요가 없다.
그렇게 생각한 나는 사단장님의 말에 고개를 끄덕였다.
이야기가 일단락되자 그 다음으로는 잉크 만드는 법에 대한 설명이 시작되었다.
부적용 잉크를 시험 제작하는 과정에서 만드는 방법도 확립했다고 한다.
광물 분말과 녹인 아교를 마력을 집어넣으며 섞는다.
그뿐이다.
무척이나 심플한 제작 방법이지만 문제도 있다.
미리 만들어두기 어렵기 때문에 대량으로 만들어 둘 수 없다는 점이었다.
그래서 나를 호출한 듯하다.
"그럼 시작할까요. 일단 이 부근부터 갑시다."
사단장님의 말로 잉크 제작이 시작되었다.
수많은 작은 병 중에서 사단장님이 선택한 건 지원 계통 마법을 부여할 때 쓰이는 광물 분말이 들어 있는 것이었다.

마법을 부여할 때와 마찬가지로, 만들 수 있는 잉크의 종류도 작업자가 지닌 속성 마법 스킬에 의존하는 듯했다.

성 속성 마법 스킬밖에 없는 나는 지원 계통 효과가 있는 부적을 만들 때 쓰이는 잉크밖에 만들 수 없다고 한다.

사단장님은 설명하면서 광물 분말을 작은 접시에 조금 담은 뒤, 거기에 액체가 담긴 병의 내용물을 한 숟갈 넣었다.

병에 담겨 있던 액체는 아교를 녹인 것이라고 한다.

아교는 바로 녹지 않기 때문에 미리 준비해둔 모양이었다.

부족해질 것 같으면 고체 아교도 준비해놨으니 추가로 만들라고 지시했다.

나는 작은 접시에 담은 재료를 손가락으로 짓이겨 섞었다.

여기 마력을 넣는 건데, 그 마력이라는 게 참 까다로웠다.

잉크를 만들 때 넣는 마력은 명확하게 성 속성 마력이어야만 하기 때문이다.

"응?"

"왜 그러세요?"

"어쩐지 느낌이 안 와서요. 잘 담기고 있는 걸까요?"

"쏟고는 있는데 성 속성 마력은 아니네요."

재료를 짓이기며 마력을 넣었지만, 마법을 부여할 때처럼 완성되었다는 느낌이 들지 않았다.

이게 맞는지 의문을 느끼고 있었더니 사단장님이 딱 잘라 아니라고 했다.

포션을 만들 때와 똑같이 마력을 붓고 있었는데, 성 속성의 마력이 아니라는 모양이다.

이야기를 자세히 들어보니, 의식하지 않으면 성 속성의 마력은 넣을 수 없다고 했다.

이건 마법을 부여할 때와 똑같다고 한다.

하지만 마법을 부여할 때 성 속성의 마력을 쏟으려고 의식한 적은 없다.

아마도 핵에 마력을 쬘 때 부여하는 효과를 떠올리고 있으니까 자연스럽게 가능했던 것이리라.

포션을 만들 때와 마법을 부여할 때 쏟는 마력이 다르다는 건 처음 알았다.

느낌이 잘 오지 않았지만 실패했다고 판단해 지금 쓰는 재료는 폐기했다. 이어서 새로운 재료로 다시 도전했다.

이번에는 성 속성 마력을 제대로 부여할 수 있도록 이미지를 떠올리며 마력을 쏟았다.

그러자 손끝에서 순간적으로 약한 열이 났다가 바로 가라앉았다.

"성공했나요?"

"『감정』. 이번에는 성공했네요."

작은 접시에서 손가락을 떼고 들여다보자, 사단장님이 감정 마법을 써서 확인해 주었다.

이번에는 문제없이 잉크를 만든 모양이다.

"그럼 세이 님은 이렇게 잉크를 만들어주시겠어요?"

"알겠습니다."

내가 잉크를 만드는 걸 지켜보고 나서, 사단장님은 다 만든 잉크를 한 손에 들고 테이블 반대편으로 이동했다.

테이블 중앙에서 왼쪽에 놓인 건 여러 권의 책과 부적 만들기에 필요한 종이와 붓 등이다.
사단장님은 의자에 앉아서 책을 펼쳤다.
그 옆에서 나도 잉크 만들기를 재개했다.

◆◆◆

사단장님의 상태를 보며 나는 묵묵히 잉크를 만들었다.
잉크를 만들 필요가 없을 때는 근처에 있는 책을 들여다보며 시간을 보냈다.
이 방에 모아둔 책은 부적에 관한 것뿐인 듯했다.
기초적인 내용의 책부터 읽고 있는데, 상당히 재미가 있어서 심심풀이에 좋았다.
세 번째 잉크 제작부터는 자라 씨도 도와주었다.
작은 접시에 광물 분말과 녹인 아교를 나누고, 부족해지면 아교를 녹이는 작업까지 담당해 주었다.
나는 준비된 재료를 섞으면서 마력을 쏟기만 하면 된다.
이걸 과연 도와준다고 해도 괜찮으려나?
작업량은 자라 씨가 더 많은 것 같아서 의문이 생겼다.
두 번째에 잉크 제작에 성공하기는 했지만, 그 뒤로도 몇 번 실패했다.
사단장님의 말에 따르면, 재료인 광물에 마력이 아니라 마법을 부여해버린 게 실패의 원인이라고 한다.
이 광물에는 이런 효과를 부여하고 싶다는 등 마법을 부여했을 때의 일을 생각한 게 잘못이었던 모양이다.

평범한 마력을 쏟을 때와 달리 마법을 부여했을 때는 명확하게 실패했다는 것을 알았다.

손끝에 찌릿 충격이 느껴졌기 때문이다.

충격을 느끼고 아연실색한 게 몇 번일까?

낭비한 재료를 생각하자 마음이 조금 아팠다.

우리가 잉크를 만드는 동안에도 사단장님은 책을 보면서 묵묵히 부적을 만들었다.

말리기 위해 늘어놓은 부적을 보니 똑같은 모양도 있고 다른 모양도 있었다.

한 종류뿐 아니라 다양한 종류의 부적을 만드는 것 같았다.

일단은 책에 실린 걸 순서대로 만드는 걸까?

때때로 "감정"이라는 말이 들려오는 걸 보면, 한 장 그릴 때마다 감정 마법으로 효과를 확인하는 건지도 모르겠다.

"역시 세이 님이 만든 잉크는 효과가 크네요."

실험은 순조로운 것 같다고 생각하면서 책을 훑고 있는데, 수상쩍은 말이 들려왔다.

내가 만든 잉크가 뭐라고요?

삐걱거리는 소리가 날 것 같은 속도로 목소리가 들려온 쪽을 쳐다보자, 사단장님이 턱에 손을 댄 채 다 그린 부적을 바라보고 있었다.

시선을 알아챈 사단장님도 내 쪽을 바라보더니 생긋 웃었다.

"책에 실린 효과와 제작한 부적의 효과 사이에 괴리가 있어서요."

"하아."

“시험 삼아 시판 먹을 써서 부적을 만들었더니, 책에 적힌 효과가 그대로 발휘되었습니다.”

시판 먹이라는 말을 듣고 사단장님 쪽을 보자, 앞에 벼루와 먹이 놓여 있었다.

벼루 안에 담긴 먹물의 색깔과 잉크의 색깔이 똑같아 보이는 걸 보면, 쓰이는 광물도 똑같을 것이다.

언제 준비했지?

하지만 그런 것보다 중요한 건 괴리라는 단어다.

아까 '효과가 크다'라는 말까지 함께 생각하면, 이제는 익숙해진 그거네요.

5할 증폭의 저주.

설마 잉크 제작에서도 효과를 발휘할 줄은 몰랐다…….

이렇게 눈앞에 드러나는 게 얼마 만이지?

어딘가 먼 곳을 바라보며 뺨을 바르르 떨었다.

현실도피를 하는 동안에도 사단장님은 설명을 늘어놓았다.

실제로 내가 만든 잉크로 제작한 부적인 책에 적힌 1.5배의 효과가 있었던 모양이다.

예상했던 대로다.

이런 일이 있기는 했지만, 잠시 후에 사단장님이 잉크의 종류를 바꾸고 싶다고 말했다.

다음으로 지정된 광물은 지금까지 쓰던 것보다 고도의 지원 계통 마법을 부여할 때 쓰는 물건이었다.

그렇다면 이제부터 만들 부적도 지금까지 만든 것보다 고도의 효과가 있는 물건이 될지도 모른다.

지정된 광물을 써서 잉크를 만들자, 아까보다 많은 마력이 필요해졌다.

재료 랭크가 높아졌기 때문일까?

하지만 나의 최대 MP로 보면 미미한 수준이다.

문제없이 제작할 수 있었다.

사단장님이 그린 부적도 서서히 모양이 복잡해졌다.

시험 삼아 물어보자 예상했던 대로 처음보다 고도의 효과가 있는 부적이었다.

그래서 그런가.

점점 감정 마법을 쓰는 목소리의 간격이 커지기 시작했다.

사단장님의 목소리가 전혀 들리지 않게 된 뒤로 얼마나 시간이 지났을까?

심심풀이로 읽고 있던 책에서 고개를 들었다. 나와 똑같이 책을 읽고 있던 자라 씨와 눈이 마주쳤다.

자라 씨도 신경이 쓰였던 모양이다.

마주 보고 고개를 끄덕이고 나서 사단장님 쪽을 바라보자, 그는 붓을 든 채 생각에 잠겨 있었다.

말을 걸어볼까?

지금 말을 걸면 방해가 되나?

잠시 고민하다가 역시 말을 걸기 위해 숨을 들이마셨는데, 사단장님이 손을 움직였다.

망설임 없이 가져간 붓의 움직임은 매끄러워서 아까까지 걸린 시간이 거짓말 같았다.

그리고 다 그리고 난 사단장님은 과업을 이루었다는 듯 크게 숨을 내쉬었다.
감정 마법으로 부적의 효과를 확인한 사단장님이 난감한 듯한 미소를 지었다.
회심의 완성도라는 느낌이 아니었다.
혹시 실패한 걸까?
"성공했어요?"
"성공하기는 했는데, 기대한 만큼의 효과는 없었습니다."
조심스레 묻자 사단장님은 표정을 바꾸지 않고 대답해 주었다.
기대한 만큼의 효과는 없다고?
실패했다는 뜻인가?
책에 실린 효과보다 낮았다는 뜻인가?
질문을 계속하려고 입을 열었을 때, 사단장님은 이제 막 나 쓴 부적에 마력을 흘려보냈다.
부적에서 순간적으로 새하얀 빛이 뿜어져 나오더니, 익숙한 감각이 몸을 꿰뚫었다.
"방어력 향상 효과였나요?"
"예. 세이 님**에게도** 효과 가 나타난 모양이네요."
방어력이 향상되는 마법을 걸었을 때와 똑같은 감각이 들었다.
다만, 마법을 걸었을 때보다 상당히 약한 느낌이라서 효과는 그리 없을 것 같았다.
……어?
"지금, 저**에게도**라고 하셨어요?"
문득 마음에 걸리는 게 있어서 물어보자 사단장님이 고개를 끄덕였다.

이야기를 들어보니, 지금 사용한 부적은 범위 효과가 있는 모양이었다.

아, 그래서 나한테도 효과가 있었구나.

혼자서 납득하고 있는 사이에 사단장님은 자라 씨에게도 효과가 있었는지 확인했다.

자라 씨에게도 효과가 있었던 듯, 그녀의 대답을 들은 사단장님은 고개를 끄덕이며 근처에 있던 종이에 메모를 했다.

쓰고 있는 붓은 아까까지 부적에 문양을 그리던 것인데 괜찮나?

어쩐지 신경이 쓰였지만 지적은 하지 않기로 했다.

사단장님이 신경 쓰지 않고 사용하는 걸 보면, 아마 문제는 없을 것이다.

"그건 그렇고, 부적에도 범위 효과가 있는 물건이 있군요."

"그러네요. 물을 일정한 범위로 뿌리는 것을 참고로 해서 시험해 봤는데, 부적에도 범위 효과를 부여할 수 있는 것 같습니다."

원래부터 있는 거라고만 생각했는데 사단장님의 말투가 어쩐지 수상쩍다.

참고로 해서 시험해 봤다니, 설마 부적의 무늬를 새로 고안한 건 아니겠지?

"책에 실린 게 아니었나요?"

"예. 책에 실려 있는 무늬를 조합해 봤습니다."

불길한 예감이 들어서 물어보자 사단장님이 당연하다는 듯 고개를 끄덕였다.

고개를 끄덕이긴 했지만 기존 무늬를 조합해서 새로 만들었다면 그건 이제 새로운 무늬 아닌가?

사단장님 입장에서는 조합만 했을 뿐일지도 모르지만…….

옆에서 듣고 있던 자라 씨도 무척 놀란 듯 입을 벌리고 있었다.

"죄송합니다. 감정 마법을 걸어도 될까요?"

"네? 예."

"『감정』……. 상승률은 균등한 것 같네요. 세 사람 몫의 상승률을 다 더해도 단독으로 보유한 상승률에는 미치지 못하는군요……."

멍하니 있는 동안에도 사단장님은 자라 씨에게 감정 마법을 걸어서 이것저것 조사하고 있었다.

그가 중얼거리는 내용으로 미루어 볼 때, 한 사람에게 효과가 있는 부적을 범위 효과가 있는 부적으로 바꾸면 효과가 줄어드는 모양이다.

혹시 이런 이유로 범위 효과가 있는 지원 계통 부적은 만들어지지 않은 걸까?

그렇다면 사단장님이 만든 부적도 이미 알고 있는 것이고, 일부러 책에는 싣지 않았을 뿐인지도 모른다.

그 생각이 희망적인 관측에 기반한 것이었음을 알게 되는 건, 그로부터 며칠 지난 뒤였다.

## 무대 뒤

시간은 세이 일행이 자이데라에 도착했을 무렵으로 거슬러 올라간다.

제도에 있는 슬란타니아 왕국 사절단이 머무르는 저택에 그 소식이 도착한 것은 이른 아침이었다.

"식사 중이신데 실례합니다."

대사인 제1왕자 카일이 아침을 먹고 있을 때, 사절단 중 하나가 소식을 가져왔다.

식사 중에 도착한 소식에 서둘러 대응할 필요가 있음을 알아챈 카일은 음식을 먹던 손을 일단 멈추고 들을 자세를 취했다.

"무슨 일이지?"

"티엔간에서 소식이 들어왔습니다. 왕국에서 드레베스 사단장이 왔다고 합니다."

"드레베스 사단장이?"

티엔간이라는 건 세이 일행이 탄 배가 입항한 제도에서 가장 가까운 항구 마을이다.

외국에 열려 있는 항구라서 카일 일행도 티엔간을 경유해 제도로 들어왔다.

티엔간에서 슬란타니아 왕국 사람이 오는 건 이해할 수 있는 이야기다.

그러나 궁정 마도사단의 사단장인 유리가 오는 건 이해가 되지 않았다.
유리는 슬란타니아 왕국에서도 제일가는 전력으로, 나라를 지키는 중요 인물이다.
전쟁도 아닌 한 슬란타니아 왕국을 떠난다고는 생각할 수 없는 인물이다.
심지어 지금 슬란타니아 왕국에는 좀처럼 나타나지 않는【성녀】도 있다.
비상시에는 국왕보다 중요하다고 여겨지는【성녀】를 지키지 않고 자이데라에 오다니, 웬만한 일이 아니라면 생각할 수 없는 일이다.
따라서 소식을 가져온 사람은 물론이거니와 이야기를 들은 카일도 의아한 표정을 지었다.
유리가 슬란타니아 왕국을 떠날 수 없는 이유를 떠올리던 카일의 머릿속에 뭔가가 걸렸다.
나라를 떠날 수 없는 사람이 일부러 떠나오는 이유.
반대로 생각하면 간단한 이야기였다.
어떤 가능성에 생각이 미치자, 카일의 시선이 살짝 흔들렸다.
"수행하는 사람은 있어?"
"예. 측근 두 명과 경호 기사 한 명, 그 외에도 몇 명 더 따라온 모양입니다. 또한 민간 상회 사람도 동행하고 있답니다."
카일은 애써 냉정한 척하며 소식을 가져온 사람에게 질문했다.
돌아온 대답 속에는 따라왔을지도 모른다고 예상한 사람은 들어 있지 않았다.
하지만 그 부분이 더더욱 카일의 예상을 뒷받침하는 것 같기도 했다.

'위험을 피하기 위해 일부러 동행을 감출 수도 있겠군.'

나라에서 제일가는 전력에 경호가 붙는 것도 부자연스럽게 느껴졌지만, 떠올린 인물이 같이 온다면 경호가 많은 것도 납득할 만한 일이다.

점점 더 확신이 깊어지는 카일의 표정을 보고, 소식을 가져온 사람도 유리와 함께 누가 오는지 생각이 미친 듯했다.

다만 설마, 하는 생각이 더 강한 듯, 평소에는 냉정한 사람이 딱 봐도 알 수 있을 만큼 곤혹스러움을 드러냈다.

과연 카일의 예상은 맞았다.

유리 일행이 도착했다는 연락을 받고 카일이 저택 현관까지 마중을 나가니 유리 뒤에 세이도 서 있었다.

"먼 길인데 잘 왔어."

세이의 모습을 보고 카일은 몸이 굳었다.

왕족으로서 자라난 긍지로 어떻게든 표정을 꾸미고는 있지만, 주변의 분위기는 긴장감이 돌았다.

유리에게 인사하는 목소리도 약간 떨려 버렸지만, 다행히 그걸 눈치챈 사람은 없었다.

카일이 이렇게나 긴장하는 이유는 예전에 자신이 벌인 소동 때문이다.

【성녀 소환 의식】으로 불려온 인물 중 하나인 아이라가 【성녀】라는 것을 완고하게 믿고, 사람이 많이 모인 곳에서 세이를 가짜라고 주장한 것이다.

소동이 벌어진 게 소환 직후였다면 그래도 정상참작의 여지가 있었을 것이다.

하지만 그때는 이미 세이가 마물 토벌 임무로 다친 사람들을 마법으로 치료하거나 장기가 고인 검은 늪 정화에 성공하는 등 갖가지 공적을 세운 뒤였기 때문에, 많은 사람들이 그녀를【성녀】로 인식하고 있었다.

그래서 국왕과 어깨를 나란히 하는 지위인【성녀】에게 불경을 저지른 죄로 카일은 국왕에게 엄한 질책을 받게 되었다.

왜 주위 사람들의 말에 귀를 기울이지 않고 아이라가【성녀】라고 믿었을까.

지금 생각하면 젊은 혈기다.

하지만 당시의 카일은 국왕의 질책을 받아도 좀처럼 반성할 수가 없었다.

겨우 당시의 일을 냉정하게 돌이켜볼 수 있게 된 것은 최근의 일이다.

국왕이 접촉을 금하기도 했기 때문에, 카일이 세이와 직접 얼굴을 마주하는 건 소동이 일어난 이후 처음이었다.

아직 사과도 하지 않은 카일이 갑작스럽게 세이와 대면하게 되었을 때 느낀 감정은 물론 죄책감이었다.

하지만 몰래 와 있다고 여겨지는 이상, 이 자리에서 사과하고 어깨의 짐을 내려놓을 수는 없다.

일단 우선은 일행은 저택 안으로 안내하려고 마음을 전환하려 했을 때, 카일은 유리 일행의 분위기가 이상하다는 걸 알아챘다.

카일을 앞에 두고 유리 일행은 놀라거나 뭔가 생각에 잠긴 기색을 보였다.

뭔가 심상치 않은 일이 벌어지고 있는 듯했다.

이야기를 듣고 싶었지만, 보는 눈이 있는 현관 앞에서 대화하는 건 문제가 있을지도 모른다.

순간적으로 그렇게 판단한 카일은 대표자인 유리와 간단히 인사를 나누고 나서 바로 저택 안에 들어오라고 일행을 재촉했다.

이야기를 듣기 위해 카일과 함께 응접실로 들어오라고 한 사람은 유리와 세이와 알베르트였다.

원래라면 정보 수집이 임무 중 하나는 특무사단의 오스카도 동석해야 하겠지만, 문제가 있어서 이야기할 기회를 따로 마련하기로 했다.

오스카는 현재 몰래 세이의 경호를 맡고 있어서 표면적인 신분은 상회 사람으로 되어 있으므로, 정치적인 이야기가 나오는 자리에 동석하는 건 부자연스럽기 때문이다.

사람을 물리고 네 사람만 남자, 카일은 바로 신경 쓰이던 걸 물어보았다.

평소처럼 긴 여행을 위로할 정도의 정신적 여유는 없었다.

왜냐하면 카일이 이야기를 걸어야 할 가장 지위가 높은 사람은 세이였기 때문이다.

처음 물어본 건 유리 일행이 자이데라를 방문한 이유에 대한 것이다.

카일이 말을 걸자 세이는 뭐라 형언할 수 없는 표정을 지었다.

왜 그런 표정을 짓지?

사과도 하지 않은 이상 자신에 대한 감정이 하염없이 나빠도 어쩔 수 없긴 하지만, 말을 거는 것도 싫어할 정도인가?

세이가 신경 쓰이기는 했지만 곧바로 그런 걸 신경 쓸 여유는 사라졌다.

유리 일행이 자이데라를 방문한 건 사절단의 대사를 맡고 있는 카일이 알지 못하는 데서 슬란타니아 왕국에 긴급 편지가 도착했기 때문이라는 말을 들었다.

자세한 이야기를 들을수록 카일의 가슴에 깃든 불안감은 점점 더 짙어졌다.

들으면 들을수록 누군가가【성녀】나 만병통치약을 불러오기 위해 가짜 편지를 보낸 것처럼 여겨졌기 때문이다.

대체 누가 편지를 보냈을까.

의문을 느꼈지만, 지금 가지고 있는 정보만으로는 후보자를 좁히기는 어려웠다.

그렇다고 해서 아무런 수도 쓰지 않는 건 어리석은 방책이다.

가능한 것부터 시작해야 하니, 일단 최우선으로 세이의 안전을 확보하기로 했다.

그렇게 해서 관광을 기대하고 있던 세이에게 말하기는 힘들었지만 곧바로 귀국하라고 권유했다.

하지만 일은 그리 쉽게 진행되지 않았다.

카일 일행의 움직임을 계산한 것처럼 제도 주변에 출국 제한 조치가 내려졌기 때문이다.

너무 타이밍이 좋아서 보고를 받은 카일의 머릿속에는【성녀】와 만병통치약을 제도에 묶어두기 위한 책략이 아니냐는 생각이 스쳐 지나갔다.

그러나 고의인지 우연인지 아직 알 수 없다는 주위의 목소리를 듣고 바로 생각을 고쳤다.

결론을 미리 정하고 움직이는 게 얼마나 위험한지.

예전에 자신이 저지른 소동을 돌아보면, 카일은 아플 정도로 그것을 잘 알고 있다.

그리하여 현시점에서는 편지가 도착했다는 것과 출국 제한 조치가 내려졌다는 건 따로 조사하도록 주위에 지시를 내렸다.

슬란타니아 왕국에 도착한 편지에 관한 조사는 비교적 빨리 진행되었다.

편지의 봉랍에 쓰인 인장이 단서가 되었기 때문이다.

출국 제한에 대해 조사하고자 바쁘게 움직이는 사이에 틈을 내어 카일이 집무실로 쓰는 방으로 주요 인물들을 불러모았다.

편지에 관한 조사의 진척 상황을 공유하기 위해서였다.

방 안에는 카일과 그의 측근 외에 사절단에서 조사를 통솔하는 사람과 유리, 알베르트, 오스카도 있었다.

물론 이야기의 중심인물인 인장의 주인도.

“이자가 인장의 주인인가.”

“예.”

인장의 주인은 사절단에 소속된 자작이었다.

이미 이런저런 이야기를 들었을 것이다.

그는 앞으로의 처우를 예상한 건지, 얼굴은 혈색이 없이 새하얗게 질렸고 작게 떨고 있는 것 같았다.

카일의 질문에 집무용 책상 옆에 서 있던 측근이 대답하자, 자작은 몸이 굳어서 살짝 움츠러들었다.

“그래서 편지는 이자가 보냈나?”

"아닙니다. 본인에게 확인했더니 기억이 없다고 합니다."
"그렇다면 왜 이자의 인장이 찍혀 있었지?"
"아무래도 얼마 전에 인장을 잃어버렸다는 것 같습니다."

자작에게 청취가 끝났기 때문에 이어지는 카일의 질문에도 측근이 대답했다.

측근의 말에 따르면, 자작이 인장을 잃어버렸다는 사실을 깨달은 것은 편지가 발송되었다고 여겨지기 며칠 전이었다고 한다.

인장은 신분을 증명하는 데 쓰일 뿐만 아니라, 서류에 법적인 효력을 부여하기 위해서도 쓰이는 중요한 물건이다.

그래서 인장을 분실했다는 게 바깥으로 드러나기만 해도 관리 능력이 없다고 간주되어 다른 사람에게 멸시당하는 재료가 된다.

왕궁에서 일하는 사람이라면 승진에도 영향을 주는 일이다.

그래서 자작은 누구에게도 잃어버렸다고 말하지 않고 혼자서 짐작 가는 곳을 찾아다녔다고 했다.

"아직 발견하지 못했나."
"예. 본인도 줄곧 찾고 있었던 것 같은데, 아직 발견하지 못했습니다. 현재는 인원을 늘려서 수색하고 있습니다."

분실했다는 게 밝혀졌으니 사절단 사람들도 함께 인장을 찾고 있었다.

주운 사람이 팔아버렸을 가능성도 고려하여 상회에 가지고 온 사람이 있는지 몰래 확인도 했다.

하지만 수색 인원을 늘린 뒤로 시간이 얼마 지나지 않았기도 해서, 아직 인장을 찾았다는 소식은 들려오지 않았다.

아마 편지에 쓰인 인장은 진품일 것이다.

그리고 인장은 아마 지금도 편지를 보낸 자의 손에 있을 가능성이 크다.

자작 본인이 찾고 있었을 때도 인장이 있는 곳으로 이어질 만한 유력한 정보는 없었다는 보고를 듣고, 집무실에 있는 사람들은 그렇게 생각했다.

"인장을 잃어버린 건 우연일까요?"

"무슨 말이지?"

턱에 손을 대고 중얼거린 사람은 오스카다.

세이가 이곳에 없기도 해서 정보 수집이나 분석을 잘하는 특무사단 사람으로서 동석했다.

저도 모르게 여태까지의 경위를 듣고 나서 머릿속에 떠오른 생각을 입에 담았다.

그의 혼잣말을 카일이 듣고 물었다.

카일의 질문을 받은 오스카는 우연이 아닐 거라고 생각한 이유를 말했다.

"편지를 보냈다는 걸 생각하면, 인장을 노렸을 가능성도 생각할 수 있을 듯합니다. 잃어버렸다는 장소도 장소고요."

"장소? 가장 유력한 곳은 주점이었지?"

"그렇게 들었습니다. 장소 특성상 사람들이 많이 드나드니 낯선 사람이 있어도 부자연스럽게 보이지 않고, 인장을 빼앗기에 유리한 곳이라고 여겨집니다."

오스카가 말한 내용은 이 자리에 있던 사람들도 한 번쯤 생각했던 것이라, 이야기를 들으면서 고개를 끄덕이는 사람도 있었다.

인장을 잃어버린 것으로 여겨지는 전후 며칠 동안 자작은 저택에서 일하고 있었다.

유일하게 외출한 것이 카일이 말한 주점이다.

원래 자작은 식문화에 관심이 있어서 자이데라에서도 여기저기 음식점을 찾아다녔다.

그중에서도 카일이 말한 주점은 가격 대비 요리가 맛있기로 유명하여 자작이 좋아하는 가게였다.

서민적인 가게라서 찾아가기 쉽기도 해서 몇 번이나 이용했다. 최근에는 점주와 대화도 하게 되었다.

오스카는 언급하지 않았지만, 요리뿐만 아니라 술도 제공하는 가게다.

고주망태가 될 정도로 취하지는 않았다고 해도, 가게에 익숙해진 최근에는 평소보다 판단 능력이 떨어지는 정도로 마시는 경우도 있었을 것이다.

맨정신인 사람보다 술이 들어간 사람이 더 무언가를 훔쳐내기에는 쉽다.

그런 의미에서도 인장을 노렸다면 주점이라는 곳은 절호의 장소라고 할 수 있다.

실제로도 인장을 잃어버린 것으로 판단되는 날에 자작은 여성 점원의 권유로 술을 조금 과하게 마셨고, 저택에 돌아왔을 때는 비틀거리며 걸었다고 한다.

인장을 잃어버린 것을 눈치챈 것도 다음 날 아침이다.

그 사실 또한 자작이 인장 분실에 관해 아무한테도 얘기하지 않은 이유 중 하나다.

"빼앗겼다면 찾을 가능성은 적군."

"예. 수색은 계속하겠지만, 빼앗겼을 가능성도 고려해서 자작 주위에 수상한 사람이 없는지도 조사하려고 합니다."

앞으로의 방침을 말하는 측근에게 카일은 고개를 끄덕였다.

원래부터 노렸던 거라면 인장은 지금도 빼앗은 자의 손에 있다고 생각하는 게 자연스럽다.

찾아본다고 해도 그것이 나올 가능성은 몹시 작다.

따라서 측근이 제안한 것처럼 앞으로는 빼앗겼다는 것을 전제로 인장을 써서 편지를 보낸 자를 캐내는 것에 주력하기로 결정했다.

이야기가 일단락되자, 자작은 곧바로 사절단 임무에서 제외되어 세이 일행과 함께 본국으로 이송된다는 선고가 내려졌다.

세이 일행이 저택을 떠날 때까지는 구속되어 저택에 연금된다.

이것은 인장을 잃어버려 편지 위조에 사용되게 한 벌이었지만, 자작의 안전을 확보하고 인장이 다시 위장으로 쓰이는 일을 방지하려는 목적도 있었다.

"현재 상황에 관한 이야기는 이상이다. 아직 알 수 없는 게 많아. 계속해서 조사를 부탁하지."

""""알겠습니다.""""

카일의 호령으로 편지와 관련된 이야기는 끝났다.

그리고 각자 다시 조사에 임하기 위해 집무실을 떠났다.

# 시추에이션

# 오디오 시나리오

극본　　에이토에후
감수　　타치바나 유카

※ 본 시나리오는 2018년 10월에 공개된 시추에이션 오디오 『데이트 마중』, 『피크닉에서 해프닝?!』, 그리고 소설 3권 구매자 한정으로 공개된 『늑대는 되지 않겠습……니다?』의 극본입니다. 일부 실제 오디오와는 다른 부분도 있습니다.

밖을 걷고 있다.

알베르트M: 후우……, 오늘이 그녀와 외출하는 날이라고 생각했더니 평소보다 빨리 일어나버렸군. 오후 약속까지는 아직 시간이 있지만……, 모처럼이니 그녀를 데리러 가볼까.

알베르트M: 아니, 갑자기 가면 놀라지 않을까. 하지만 그녀가 놀라는 모습을 보고 싶은 것 같기도……. 이리저리 바뀌는 그녀의 표정을 보고 있으면, 어쩐지 나까지 즐거워지니까…….

알베르트M: 좋아, 이 시간이면 연구소에서 일하고 있을 거야. 가보기로 할까.

똑똑 노크 소리가 들리고 나서, 문을 달칵 여는 소리.

알베르트: "실례하겠어. 들어가도 될까?"

달그락달그락 실험 기구가 부딪치는 것 같은 소리.
분주한 연구실 SE.

알베르트M: 어라, 어쩐지 바빠 보이네. 평소의 그녀답지 않게 당황하고 있는 것 같고…….

알베르트: “오늘은 한층 더 바빠 보이는군.”

짱그랑! 기구가 부딪치는 제법 큰 소리.
세이가 갑작스러운 방문에 놀라고 있는 SE.

알베르트: “아, 갑자기 말을 걸어서 미안해. 놀라게 할 생각은 없었어. 그렇게 당황하지 않아도 괜찮아. 조금 시간이 있어서 약속했던 것보다 빨리 온 것뿐이니까, 계속 일해도 돼.”

알베르트M: 상당히 많은 포션이 책상 위에 늘어서 있네……. 나 참, 요한 녀석. 그녀가 우수하다고 해서 일을 너무 많이 부탁하는 것 같은데……. 그런데도 불만 없이 잘 수행하는 그녀는 대단해……. 정말 남보다 배는 열심히 일한다니까.

알베르트M: 그런데 얼굴이 새파래져서 주뼛거리고 있군……. 더욱 당황하게 만든 모양이야.

알베르트: “그렇게 미안한 표정 짓지 않아도 돼. 기다리는 건 상관없어.”

알베르트M: 빨리 온 탓에 신경을 쓰게 만든 건가. 관심을 딴 데로 돌리기 위해 다른 이야기를 할까…….

알베르트: “음……, 오전 중에 이렇게 많은 포션을 만들었어? 소문으로는 들었는데, 과연 대단하군.”

알베르트: “응? 평소에는 이렇게 페이스가 빠르지 않다고? 오늘은 특별히 속도를 올려서 만들고 있는

거야?"

알베르트M: 혹시……, 나와 외출할 오후 시간을 만들기 위해 평소보다 더 일을 열심히 하고 있는 걸까? 이렇게 타인을 신경 쓰는 다정한 모습은 여전하군. 나에게만 그 다정함을 발휘해 주었으면 하는 생각이 들지 않는 것은 아니지만, 그녀에게는 그런 건 무리겠지. 누구에게나 차별 없이 다정한 사람이니까……. 그렇다면……. 그래, 좋았어.

알베르트: "나도 뭔가 도울 일이 있을까?"

알베르트: "그렇게 미안하게 생각하지 마. 네 일이 빨리 끝나면, 둘이 함께 있을 수 있는 시간도 늘어나잖아?"

알베르트M: 앗, 이번에는 빨개져버렸군. 정말 재밌을 정도로 표정이 잘 변하네. 훗, 귀여운 사람이야.

알베르트: "좋아, 그럼 네가 지시를 내려줘. 우선 어떤 것부터 하면 될까?"

알베르트M: 아무래도 그녀도 내가 무리하고 있는 게 아니란 걸 알아준 모양이다. 주위 연구원들의 흥미진진한 시선이 약간 신경은 쓰이지만…….

알베르트: "흠, 완성된 포션을 상자 안에 넣으면 되는 건가. 다 채운 상자는 저쪽으로 이동하고……."

알베르트M: 아까까지 당황하던 태도가 거짓말 같군. 그리고……, 야무진 옆얼굴은 일하는 중이라 볼 수 있는 것 같고. 평소에는 못 보는 표정이야. 아직 내가 모르는 다양한 표정을 가지고 있겠지.

잠시 달그락거리는 용기 소리나 액체가 끓는 부글부글 소리 등, 업무 중 SE.

알베르트: "……그렇구나. 이렇게 하면 효율적으로 포션을 만들 수 있다니. 그건 네가 생각한 거야?"

알베르트: "호오……, 그랬단 말이지. 시행착오를 거듭하는 사이에 파악했다고? 공부를 열심히 하네. 요한도 자랑스럽겠어. 마지막으로 비장의 비결이 있어? 그건 꼭 듣고 싶군."

알베르트: "……기합이라고?"

잠시 침묵.

알베르트: "아하하. 너는 정말 재밌구나!"

알베르트M: 그녀의 말이 의외라서 저도 모르게 소리를 내어 웃어버렸다. 어라, 내 웃음소리에 주위 사람들이 딱 침묵해버렸군. 그렇게 신기한 일도 아닐 텐데……. 그녀는 신경 쓰지 않는 것 같아. 오히려 주위의 반응에 놀라고 있을 정도야.

알베르트: "너는 정말 우수하네. 결국 다른 연구원과 똑같은 시간 안에 갑절의 포션을 만들었잖아."

알베르트M: 그렇지 않다고 말하면서 고개를 젓고 있지만, 그녀의 가치는 가까이 있는 사람이라면 금방 알 수 있어. 오히려 알아차리지 못하는 편이 이상하지. 이 연구소 안에서도 그녀에게 동경하는 마음을 품는 사람이 한두 명, 아니 서너 명은 있을지도 몰라…….

알베르트: "그렇게 겸손하게 굴지 않아도 돼. 네 노력의 결실이니까."

알베르트: "하지만 이렇게 페이스를 올려도 몸은 괜찮아? 있는 힘껏 노력하는 너는 멋있지만, 부디 무리는 하지 않도록 해."

알베르트: "좋아, 이제 할당량을 달성……했나?"

알베르트: "할당량보다 많은 포션을 만들었다고? 그거 다행이군."

알베르트M: 그녀에게 열심히 하는 건 당연한 일이라서, 그게 얼마나 멋진 일인지 본인은 깨닫지 못하는 거야. 그녀의 좋은 부분을 모두에게 알리고 싶기도 하고, 알리고 싶지 않기도 해. 아니, 지금은 그런 것보다 그녀의 노고를 치하할 때군.

알베르트: "……수고했어."

알베르트: "마침 점심 종소리가 울리네. 슬슬 런치를 먹으러 외출하……, 응?"

알베르트M: 다른 연구원들도 점심이라 휴식하려 하는 모양인데, 다들 이쪽을 보고 있는 것 같고……. 한 사람이 그녀 쪽으로 다가오는군. 뭐야, 어제 그녀가 먹던 샌드위치를 자기들도 먹고 싶다고? 확실히 그녀가 만드는 요리는 일품이지. 예전에 마물을 퇴치하러 갔을 때 먹었던 수프는 또 먹고 싶을 정도고……, 어라? 그녀가 당황한 표정을 짓네. 그렇군, 지금부터 나와 함께 나갈 약속이 있어서 신경 쓰는 건가.

알베르트: “신경 쓰지 않아도 돼. 네가 만드는 요리가 맛있어서 푹 빠지는 마음은 이해하니까.”

알베르트M: 후우……, 사실은 한시라도 빨리 그녀를 여기서 데리고 나가고 싶지만, 안심한 그녀의 얼굴을 보니 나까지 마음이 누그러지는군. 곤란한 사람을 내버려 두지 못하는 사람이니까. 그야말로【성녀】라고 해야 하나…….

알베르트M: 조리실에 간 그녀를 기다리는 동안 멍하니 그런 생각을 했더니, 눈 깜빡할 사이에 그녀가 접시 한가득 샌드위치를 만들어서 돌아왔다. 포션 제작과 마찬가지로 요리를 만드는 수완도 좋은 모양이다.

알베르트: “어? 이건 내 거야? 괜찮아?”

알베르트: “고마워. 잘 먹을게.”

알베르트: “(우물우물) 맛있어!”

알베르트: “일을 도와준 보답이라고? 열심히 한 사람은 너인데. 하지만……, 고마워. 무척 맛있어.”

알베르트M: 네가 만드는 요리를 매일 먹을 수 있다면……, 행복하겠지. 일품 샌드위치를 먹으며 감동하는 연구원들을 보면서 기쁜 표정을 짓는 그녀를 더 오래 보고 싶기도 하지만…….

알베르트: "그럼 연구원들도 만족한 것 같으니, 슬슬 나가지 않겠어?"

알베르트: "기다리게 해서 미안하다고? 지루하지 않았으니 문제없어. 오히려 평소에는 보지 못하는 일하는 네 모습을 볼 수 있어서 즐거웠지."

알베르트M: 어느 쪽이냐 하면 이득을 본 기분……이라는 건 아직 말하지 말자. 또 얼굴이 새파래지거나 빨개지거나 할 것 같으니까.

알베르트: "자, 이만 나가자. 오늘은 비장의 장소로 데려가 줄게. 전부터 같이 가고 싶었거든."

말 울음소리.

연구소 출구에 알베르트의 말이 매여 있다.

알베르트: "그럼 가볼까. ……왜 그래?"

알베르트M: 약간 걱정스러운 표정이네. 그렇군, 말을 타는 건 아직 익숙하지 않은 건가. 그렇다면…….

알베르트: "자, 나를 잡아."

알베르트M: 여전히 그녀는 망설이는 기색으로 손을 내민다. 작고 부드러운 손이다. 살짝 물든 뺨이 눈에 들어오자 나까지 마음이 진정되지 않는다. ……이런, 저도 모르게 넋을 잃고 쳐다봤네.

세이를 말에 태우는 소리. 말 울음소리.

알베르트: "좋았어. 조금 떨어진 곳에 갈 거라 왕궁에서 연구실로 돌아올 때보다 속도를 낼 텐데……, 괜찮겠어?"

알베르트M: 괜찮다고 고개를 끄덕이지만, 역시 약간 긴장한 것 같다. 손도 차가웠고 내 가슴을 잡는 힘도 평소보다 강하다. 걱정을 끼치지 않으려고 배려하는 거겠지. 어떻게든 그녀가 안심하게 할 수 있으면 좋을 텐데.

알베르트: "내가 잘 받쳐 줄 테니까 괜찮아. 그럼 갈까……, 하압!"

말이 달리기 시작하는 소리.
장면 전환. 여기저기서 들리는 새 울음소리.
천천히 활보하는 말의 발소리.
깊은 숲속을 말로 천천히 나아가는 이미지.

알베르트: "상당히 말을 달렸는데……, 피곤하지는 않아?"
알베르트: "그래. 그렇다면 다행이야."
알베르트M: 아까부터 주위를 두리번두리번 돌아보는 걸 보니 흥미진진한가 보군. 아아, 저렇게나 눈을 반짝이다니……. 이렇게 기뻐 보이는 그녀 곁에 있는 것만으로도 마음이 편안해지니 신기하단 말이지…….
알베르트: "너무 아름다운 숲이라고? 응, 마음에 드는 것 같아서 무척 기뻐."

다시 새 울음소리.

알베르트: "이 부근의 숲은 아직 장기의 영향을 그다지 받지 않았어. 나무와 식물이 어딘가 생기 있어 보이지?"

알베르트M: 물론 이렇게 평화로운 숲에 뒤지지 않을 정도로 그녀도 생기 있어 보이지만. 아아, 이렇게 가까운 거리에서 만면의 미소를 띠고 쳐다보면……, 더 좋은 경치를 보여 주고 싶어지는군.

알베르트: "응? 왜 그래?
……아, 저 약초가 포션 재료가 될 것 같아?"

알베르트M: 그러고 보니 아까부터 수풀 쪽을 보던데. 후후, 이럴 때도 일을 열심히 하다니, 실로 그녀답군.

알베르트: "좋아, 목적지까지 얼마 안 남았으니, 말에서 내려서 걸어가자. 산책하면서 가는 편이 약초를 채집할 수 있을 테니까."

알베르트M: 아아, 또 기쁜 듯이……. 정말이지, 순진한 표정에 계속 두근거리네. ……그녀는 눈치채지 못했을까.

말 울음소리.
두 사람이 말에서 내리는 소리.

알베르트: "저 약초 말이지. ……그래, 괜찮아. 내가 따올게."

부스럭부스럭 수풀 쪽으로 다가가서 약초를 캐는 소리.

알베르트: "좋았……어. 그밖에도 신경 쓰이는 약초를 찾

으면 사양하지 말고 말해줘."

알베르트M: 후후, 활기찬 대답이다. 정말 기뻐 보이는군. 무심코 나까지 얼굴이 헤벌쭉해지는걸……. 이렇게나 그녀를 기쁘게 해주는 약초가 아주 조금 부러워.

그때, 부스럭부스럭 수풀이 격하게 움직이는 소리.

알베르트: "앗?!"

알베르트M: 마물……?! 설마 이 숲에 있을 리가…….
앗, 그녀는……?! (약간 당황한다)

알베르트: "내 뒤로!"

땅을 밟는 소리. 알베르트가 세이에게 달려가는 이미지.
알베르트가 검을 드는 소리.
말 울음소리.
바스락바스락……하고 수풀 소리가 커지더니…….

알베르트: "뒤로 물러나 있어! 너에겐 손가락 하나 대지 못하게 할게!"

삐이이이이……! 멧돼지 같은 동물이 나타나서 귀여운 소리로 운다.

알베르트: “……뭐야. 저 녀석이었군.”

알베르트M: 후우, 놀랐지만 아직 어린 짐승이지 않나. 앗! 그녀가 가슴 앞에서 손을 꼭 쥐고 있어. 호들갑을 떠는 바람에 겁을 먹게 한 걸까……. 그러고 보니, 그녀는 아직 숲이나 마물에 익숙하지 않겠지. 작은 어깨를 바들바들 떠네……. 어떻게 하면 조금이라도 안심시켜 줄 수 있을까.

옷 스치는 소리. 알베르트가 세이를 꼭 끌어안는 이미지.

알베르트M: 순간적으로 그녀를 끌어안았는데……, 그녀의 심장 소리가 이렇게나 가까이에서 들린다. 손과 어깨가 떨리는 건 멈췄지만, 고동은 빠른 종소리처럼 급해. 아직도 마음이 진정되지 않은 걸까.

알베르트: “……괜찮아, 괜찮아. 안심해도 돼. 저 녀석은 겉보기에는 조금 무섭지만 얌전한 놈이야.”

알베르트: “놀라게 해서 미안해.”

알베르트: “어? 귀엽다고? 어라, 겁먹은 거 아니었어?”

알베르트M: 자세히 보니 그녀의 얼굴이 빨갛다. 나한테서 눈을 돌리고 어색한 듯 이야기하고 있는데, 짐승을 보는 그녀의 눈동자는 아까 약초를 찾고 있을 때의 눈과 똑같이 반짝거린다.

알베르트: “네가 있던 나라의 ‘새끼 멧돼지’와 닮았다고? 어린 ‘멧돼지’?”

알베르트M: 솔직히 그녀가 하는 말을 반도 이해할 수 없지만, 겁을 먹은 게 아니라면 다행이다. 하지만 당황한 것처럼 내 팔에서 떨어져버린 건 약간 아쉽다.

다시 멧돼지 우는 소리.

알베르트: “후후. 자, 이거 봐. 애교를 부리는 것 같아. 여기를 쓰다듬어 주면 좋아해.”

멧돼지의 기쁜 듯한 울음소리.

알베르트M: 동물을 만지려고 곧바로 손을 뻗네. 정말이지……. 아무리 ‘새끼 멧돼지’라는 것과 닮았다고는 하지만, 망설이지 않고 만지려는 그녀의 용기와 호기심은 감탄스러울 지경이야.

알베르트: “놀라서 미안하다고? 신경 쓰지 않아도 돼.”

알베르트M: 이럴 때까지 나를 신경 써 주다니……. 한 번 더 끌어안고 싶지만, 또 그녀가 깜짝 놀랄 테니 지금은 손만 잡는 정도로 할까.

알베르트: “자, 목적지는 바로 코앞이야. 갈까.”

말의 고삐를 끌고 이동한다.
바스락바스락 숲을 빠져나가는 소리.
바람이 한층 더 강해진다.

알베르트: "놀랐어? 이 숲을 빠져나가면 고지대거든. 왕도를 한눈에 볼 수 있어. 여기서 보이는 경치는 절경이지."

알베르트M: 아아, 놀랐다가 기뻐했다가……, 표정이 이리저리 바쁘게 바뀌네. 그건 그렇고 그녀의 웃는 얼굴이 평소보다 훨씬 더 반짝이는 것처럼 보여. 내 손을 맞잡은 힘에서도 흥분이 전해지는 것 같아.

알베르트: "아아, 너무 끝쪽까지 가면 바람이 강해서 위험해. 발밑 조심하고. 내 손을 놓지 마."

휘잉 불어오는 바람.

알베르트: "그래. 저 방향에 보이는 게 왕궁이야. 조금 더 떨어진 곳에 있는 게 연구소고. 그리고 저 작은 건물이 밀집된 곳이 예전에 같이 가본 적이 있는 마을이야. 왕도보다 훨씬 더 멀지만, 저쪽 방향에는 내 고향도 있어."

알베르트: "어? 언젠가 내 고향을 보고 싶다고? ……그래, 언젠가는 반드시."

알베르트M: ……정식으로 초대하고 싶다고 진심으로 생각하고 있어.

알베르트: "기뻐해서 다행이야. 이 경치를 보여 주고 싶었거든. 네가 이 나라를 알아주고 더 좋아해 줬으면 했어."

알베르트: "……아니, 인사는 내가 해야지. 오늘은 와 줘서 고마워."

다시 휘잉 불어오는 바람.

알베르트M: 점점 더 기울어지는 저녁 해에 비친 그녀의 검은 머리가 아름답군. 이 경치를 계속 바라보고 싶어…….

알베르트: "바람이 강한데 춥지는 않아? 조금 더 이 경치를 탐닉하고 나서, 어두워지기 전에 마을로 돌아가자. ……어? 물론 돌아가서도 함께 해야지. 오늘은 줄곧 이 손을 놓고 싶지 않으니까."

## 3　늑대는 되지 않겠습……니다?

마을에 도착해서 웅성거리는 잡음.

알베르트: "추천하고 싶은 레스토랑이 있어. 거기면 될까?"

알베르트M: 고개를 끄덕이기는 하는데 약간 힘이 없어 보이는군. 아까 그 소동과 멀리 다녀온 피곤함 때문인지도 모르겠어. 느긋하게 머무를 수 있는 가게로 해서 다행이야…….

가게 문을 여는 소리.
가게에 들어가자 웅성거리는 사람 소리.
세련된 가게라 술집처럼 너무 떠들썩하지 않은 이미지.

알베르트: "예약한 호크인데……."

알베르트M: 점원이 뭔가 의미심장한 시선으로 쳐다본다. 뭐가 이상한 거지? 확실히 여성을 데려온 건 처음이긴 하지만……. 그녀 또한 두리번거리는 게 초조한 기색이다. 이런 가게에는 별로 익숙지 않은지도 모르겠다.

알베르트: "우리는 개별 룸을 잡았으니까 신경 쓰지 않아도 돼."

개별 룸의 문이 열렸다가 닫히는 소리.

알베르트M: 자리에 앉아서 진정이 됐는지 겨우 웃는 얼굴을 보여 주는군.

알베르트: "이곳은 셰프의 추천 코스가 맛있거든. 네 입맛에도 맞으면 좋을 텐데."

알베르트: "뭔가 마실래?"

알베르트: "아, 이건 술이야. 계절에 맞는 과실주도 있어."

알베르트M: 술도 마실 수 있나. 의외로군. 새로운 일면을 또 알게 되었어. 더 자주 같이 있을 수 있다면 그녀를 더 잘 알 수 있을까…….

알베르트: "그럼 이쪽에는 딸기 과실주, 나에겐 여기 있는 포도주를."

알베르트: "그럼 오늘이라는 날에 건배."

잔이 챙 부딪치는 소리.
달그락달그락 커트러리가 부딪치는 소리.

알베르트: "그렇군. 네가 지내던 나라에도 이런 코스 요리가 있구나. 흥미로워."

알베르트: "그런데 비싸서 먹으러 가본 적은 없다고? 하하하, 그럼 오늘이 첫 체험인가. 이거 참 영광이야."

알베르트: "어? 이 고기에 쓰인 스파이스를 알고 싶다고?"

알베르트M: 연구를 열심히 하는 건 사생활에서도 똑같군. 차례차례 가져오는 요리를 맛있게 먹는 걸 보면 아무래도 마음에 든 모양이야. 안심했어.

알베르트: "딸기주도 주스 같아서 마시기 쉽다고? 그렇군, 마음에 들었으면 다행이야."

알베르트M: 뺨을 살짝 붉히면서 만면에 미소를 띤 채 고개를 끄덕이는 얼굴을 보니 나까지 마음이 따뜻해지는 것 같아. 그녀와 대화하고 있으면 시간이 눈 깜빡할 사이에 지나가버려. 더욱더 시간이 천천히 흘러가면 좋을 텐데……. 무심코 그런 생각이 드는군. 이런 마음이 드는 건 처음 있는 일이야…….

알베르트: "마지막 디저트가 온 모양이군."

알베르트M: 제철 딸기를 듬뿍 사용한 타르트를 가져오자 눈을 반짝이네. 후후, 이것도 마음에 든 것 같아. 그런데 아까부터 손짓이 불안한 것 같은데……. 그러고 보니 지금 마시는 과실주가 벌써 네 잔째네.

알베르트: "……혹시 취했어?"

알베르트M: 이런. 아무리 마시기 쉽다고 해도 너무 많이 마시게 했나……. 하지만 붉은 뺨에 눈이 풀린 그녀의 모습은 평소의 야무진 이미지와는 달라서 또 귀여워. ……다른 사람 앞에서는 술을 마시면 안 된다고 말해둬야겠어.

알베르트: "타르트 위에 올라가 있는 딸기가 떨어질 것 같은데."

알베르트M: 주의를 주는데도 어딘가 멍해 보이네. ……어쩔 수 없지.

알베르트: "자."

알베르트M: 떨어질 뻔한 딸기를 무심코 내 포크로 찍어버렸네. 의아한 듯 입을 떡 벌리고 있는 모습이 어쩐지 먹이를 기다리는 작은 새 같아.

알베르트: "자, 아 해봐."

알베르트M: 농담할 생각으로 포크로 찍은 딸기를 그녀 앞으로 내밀었다.

알베르트M: 어라……. (놀라는 알베르트)

그녀가 기쁜 듯이 입을 벌리고 이쪽을 바라보다니. 이, 이건 반칙이지. 그녀는 취했어. 취했다고…….

알베르트M: 딸기를 덥석 입에 물고 우물거리는 그녀를 보고 있으니 내가 더 부끄러워지는군.

정말……, 못 이기겠다니까.

절대 다른 사람 앞에서는 술을 마시는 건 엄금이야! 요한한테도 단단히 말해 두어야지…….

알베르트: "아……."

알베르트: "잠들어버렸나."

알베르트M: 뭐, 오늘은 아침부터 엄청 바빴고 숲에서도 이런저런 일이 있었던 데다, 과실주를 네 잔이나 마셨으니 어쩔 수 없나. 살짝 붉어진 뺨에 머리카락이 내려와 있군…….
조용히 들려오는 새근새근 숨 쉬는 소리까지……, 사랑스러워.

알베르트: "너는 정말……."

알베르트: "아니, 이건 일어났을 때 말해줘야 하나."

알베르트: "오늘은 수고 많았어."

잠깐 사이를 두고 다각다각 하는 말발굽 소리.

알베르트: "앗, 일어났어?"

알베르트: "자, 잠깐만, 버둥거리지 마!
네가 잠들어버려서 깨지 않게 연구소까지 데려가려고 했어."

알베르트M: 갑자기 말 위에 있어서 놀란 건가?

알베르트: "어, 이번에는 왜 그래?!"

알베르트M: 갑자기 고삐를 잡고 입을 뻐끔거리는군.

알베르트: "뭐? 음주 승마는 안 된다고?"

알베르트: "……하하하, 괜찮아. 나는 거의 술을 안 마셨으니까."

알베르트M: 내 품에 안긴 채 눈을 떠서 제일 먼저 신경 쓰는 게 그거라니……. 이거, 앞날이 걱정되는데.

알베르트: "하기야, 네 웃는 얼굴에 취해버렸지만."

알베르트M: 아, 이번에는 새빨개져서 굳어버렸군.

내 품속에 있는 상황이라는 것도 이제야 겨우 깨달은 것 같아. 그녀가 이런 대화에 익숙하지 않은 건 알고 있다고 생각했는데.
자제할 수 없다니, 아무래도 나도 약간 취했는지도 모르겠어.

알베르트: "연구소에 도착했어. 자, 천천히 내리자."

알베르트M: 말에서 내려 황급히 인사하는 그녀의 얼굴이 여전히 빨갛다. 그대로 달려가버릴 것 같은 기세로군.

알베르트: "잠깐만."

알베르트M: 도망갈 것 같은 그녀의 손을 무심코 잡았다. 음, 어떻게 해야 하나.

알베르트: "오늘은 고마웠어. 덕분에 즐거웠어."

알베르트M: 손을 잡고 있어서 달아날 수 없다고 포기했는지 얌전해졌군.

알베르트: "그래. 너도 즐거웠다면 나도 기뻐."

알베르트: "아아, 또 나가자고 해도 될까?"

알베르트M: 얼굴을 붉힌 채로 망설이듯 고개를 끄덕여주다니. 이쪽을 보는 시선은 올곧고 청아하고……, 아름답다.

알베르트: "쪽." (이마 뽀뽀 소리입니다)

알베르트M: 앗, 무심코 이마에 키스해버렸네.

알베르트: "와앗!"

알베르트M: 손을 뿌리치고 토끼처럼 달려가더니, 그녀의 뒷모습은 눈 깜짝할 사이에 멀어져 갔다.

알베르트: “조금……, 지나쳤……나?”

알베르트M: 하지만 아무래도 뺨이 헤벌쭉 풀어지는 건 억누를 수가 없다. 오늘은 좋은 하루였어. 밤하늘의 별조차도 평소보다 아름답게 보이네. 부디 그녀에게도 그랬기를.

알베르트: “잘 자. 좋은 꿈을 꾸기를.”

※ 이 시추에이션 오디오 시나리오는 픽션입니다. 야생 동물을 만났을 때는 위험하니 가까이 다가가거나 만지지 말아 주십시오. 또한, 음주 상태로 승마하는 것도 위험하니 하지 마십시오.

# 후기

안녕하세요. 타치바나 유카입니다.
『성녀의 마력은 만능입니다』 9권을 읽어 주셔서 감사합니다.
덕분에 9권도 어떻게든 간행할 수 있게 되었습니다. 이 또한 항상 응원해주시는 여러분 덕분이라 감사하고 있습니다. 고맙습니다. 이런저런 원인이 있기는 한데, 이번에는 지금까지 중에서 가장 위험했던 것 같습니다. 지난번에 상태가 좋다고 썼기 때문일까요. 약간 상태가 좋다고 해서 우쭐거리면 안 되는 거군요. 반성하겠습니다. 마음을 다잡으려고 합니다.
카도카와 BOOKS의 담당자 W님, 이번에도 여러모로 상담에 응해 주셔서 감사합니다. 덕분에 어떻게든 간행할 수 있게 되었습니다. 그밖에 다른 관계자 여러분도 항상 정말로 감사드립니다.
자, 9권은 재밌게 보셨나요? 여기서부터는 스포일러가 있으니 아직 본편을 읽지 않으신 분은 먼저 그쪽을 읽어 주셨으면 합니다.
9권은 이야기의 무대가 슬란타니아 왕국에서 자이데라 쪽으로 바뀌기도 해서 이것저것 조사할 게 있었습니다. 맨 먼저 시작한 게 음식이었던 걸 보면, 세이가 먹보인 건 작가의 취향이 반영된 거라는 생각이 듭니다. 죄송합니다. 하지만 약선 요리는 맛있었어요.
쌀 요리로 등장한 중화풍 죽과 대나무잎밥은 저에게 추억이 있는 요리입니다.

중화풍 죽은 중국에 갔을 때 숙박했던 호텔의 조식으로 처음으로 먹었는데, 그게 엄청나게 맛있었어요. 너무 맛있어서 그 호텔에 숙박하는 동안 내내 조식은 죽으로 먹었을 정도였습니다. 죽에는 닭고기와 피단이 들어 있었는데, 그게 저의 첫 피단이었네요. 그 죽 덕분에 피단을 기피하지 않고 먹을 수 있게 된 것 같습니다.

중화풍 대나무잎밥은 어렸을 때 어머니가 아주 가끔 만들어주신 추억이 있습니다. 찹쌀과 닭고기가 들어 있었던 건 기억이 나는데, 그 외에도 뭔가 더 들어가 있었던 것 같아요. 가정에서 만드는 것이라 대나무 껍질이 아니라 알루미늄 포일로 싸서 쪘지만요. 찜통도 스테인리스였고요. 자주 만들어주시는 것은 아니었지만, 그것도 맛있어서 좋아하는 음식 중 하나였습니다. 지금 생각하면 무척 손이 많이 가는 것이라, 그래서 자주 만들어주시지 않았던 건지도 모르겠네요. 저도 아마 만들지 않을 것 같아요(웃음).

건물은 박물관에서 개최되었던 기획전을 보러 갔습니다. 가상 공간에 중국의 자금성이 재현되어 있었는데, 과거 황제의 권세가 정말 대단했다는 걸 절절히 느꼈습니다. 어휘력이 부족해서 말로 잘 표현할 수는 없지만, 대나무로 만든 듯한 섬세한 창호는 금박을 붙여 반짝거리고, 벽에는 신기한 새나 아름다운 꽃 풍경이, 천장에는 세밀한 무늬가 그려져 있었습니다. 실내인데도 정자 같은 무대도 있었어요. 무대 지붕에도 금박이 붙어 있었던 것 같습니다. 그게 취미로 만든 궁전이라고 하니, 영문을 알 수가 없네요. 실내 장식 예술의 최고봉이라 일컬어질 만했습니다. 실제 궁전도 복원이 끝나서 공개되어 있는 모양인데, 요즘 세상의 사정 때문에 갈 수 없었어요. 9권 발행에는 맞추지 못했지만, 여행을 좋아하는 사람으로서 언젠가는 가보고 싶습니다.

9권도 계속해서 슈리 야스유키 선생님이 일러스트를 담당해 주셨습니다. 이번에도 멋진 일러스트 감사드려요. 지난번에 오물거리는 입을 한 세이를 보며 끙끙거렸기 때문일까요. 8권에 이어 9권에서도 권두 일러스트에서 세이가 오물거리고 있습니다. 자제하면서 말씀드리자면, 최고였어요. 과연 대단합니다. 게다가 특장판 아크릴 스탠드의 일러스트……!!! 세이의 약혼 축하를 위해 그려 주신 것인데 무척이나 존귀했습니다……. 이번에도 좋은 그림 감사합니다!

그리고 9권도 통상판과는 별도로 특장판을 만들기로 했습니다! 특장판에는 소설 9권에서 슈리 선생님이 그려 주신 아크릴 스탠드가 붙어 있습니다. 아까 약간 앞질러서 말해버렸는데, 세이와 단장님의 약혼 축하를 위해 두 사람 다 평소와는 다른 옷을 입고 있습니다. 세이의 귀여움은 말할 것도 없고, 단장님이 무척 왕자님이에요. 본업은 기사단장인데 아크릴 스탠드에서는 왕자로 직업을 체인지했답니다. 관심 있는 분은 꼭 구입해 주십시오.

코미컬라이즈도 여전히 무척 순조로운 듯합니다. 응원해주시는 여러분은 물론이고, 후지 아즈키 선생님을 비롯한 관계자 여러분에게 무척 감사드립니다. 항상 고맙습니다. 작년 12월에 간행된 8권에서 마침내 클라우스너령 편이 끝났습니다. 여기까지 계속할 수 있었던 것 또한 여러분 덕분이라 생각하며 감사하고 있습니다. 무척 감사하게도 속편을 그려 주시는 모양입니다. 계속해서 후지 선생님이 그리는 성녀의 세계를 즐겨 주시면 좋겠습니다.

스핀 오프 코믹 『성녀의 마력은 만능입니다 ~또 하나의 성녀~』도 덕분에 작년 9월에 3권이 간행되었습니다. 이쪽도 많은 분들이 읽어 주시는 듯한데, 코미컬라이즈와 마찬가지로 독자 여러분과 아오 아구 선생님을 비롯한 관계자 여러분께 무척 감사드립니다. 항상 고맙습니다. 사단장님이 많이 등장한 3권에서 특필할 건 작은 사단장님일까요. 네, 어렸을 때의 사단장님이 등장합니다. 참 소중하고 (이하 생략) 무척 귀여웠어요……. 관심 있는 분은 꼭 읽어 주셨으면 합니다.

절찬 호평 발매중인 코믹과 스핀 오프 코믹은 Web 코믹 연재 사이트인 코믹 워커, pixiv 코믹, 니코니코 만화 등에서 연재하고 있습니다. 여기에서 일부 무료로 읽을 수 있으니, 관심이 있으신 분은 봐주시면 감사하겠습니다.

그리고 9권이 발매될 무렵에는 애니메이션 2기의 방송 시작 시기도 공개되었을까요? 상세한 정보에 관해서는 애니메이션 공식 사이트나 공식 트위터 계정에서 수시로 발신됩니다. 관심 있는 분은 그쪽을 확인해 주시면 좋겠습니다. 저도 정보가 공개되는 대로 '소설가가 되자'의 활동 보고나 트위터에서 알려 드리려 합니다.

마지막으로 여기까지 읽어 주셔서 감사합니다. 가까운 시일 안에 또 만날 수 있기를.

NOVEL
PURPLE

성녀의 마력은 만능입니다 9

2024년 7월 25일 제1판 제1쇄 인쇄
2024년 7월 30일 제1판 제1쇄 발행

**지음** / 타치바나 유카
**일러스트** / 슈리 야스유키
**번역** / 임이지

**발행인** / 오태엽
**편집팀장** / 이수춘
**편집담당** / 이예솔
**디자인** / B29
**라이츠사업팀** / 이은선, 조은지, 정선주, 신주은
**전략마케팅팀** / 김정훈, 이강희, 정누리
**제작담당** / 박석주

**발행처** / (주)서울미디어코믹스
**등록일** / 2018년 3월 12일
**등록번호** / 제 2018-000021
**주소** / 서울특별시 용산구 만리재로 192

SEIJO NO MARYOKU WA BANNO DESU vol.9
©Yuka Tachibana, Yasuyuki Syuri 2023
First published in Japan in 2023 by KADOKAWA CORPORATION, Tokyo.
Korean translation rights arranged with KADOKAWA CORPORATION, Tokyo.

- 인지는 작가와의 협의하에 생략합니다.
- 잘못된 책은 구입하신 곳에서 교환해드립니다.
  문의 (02)2198-1736